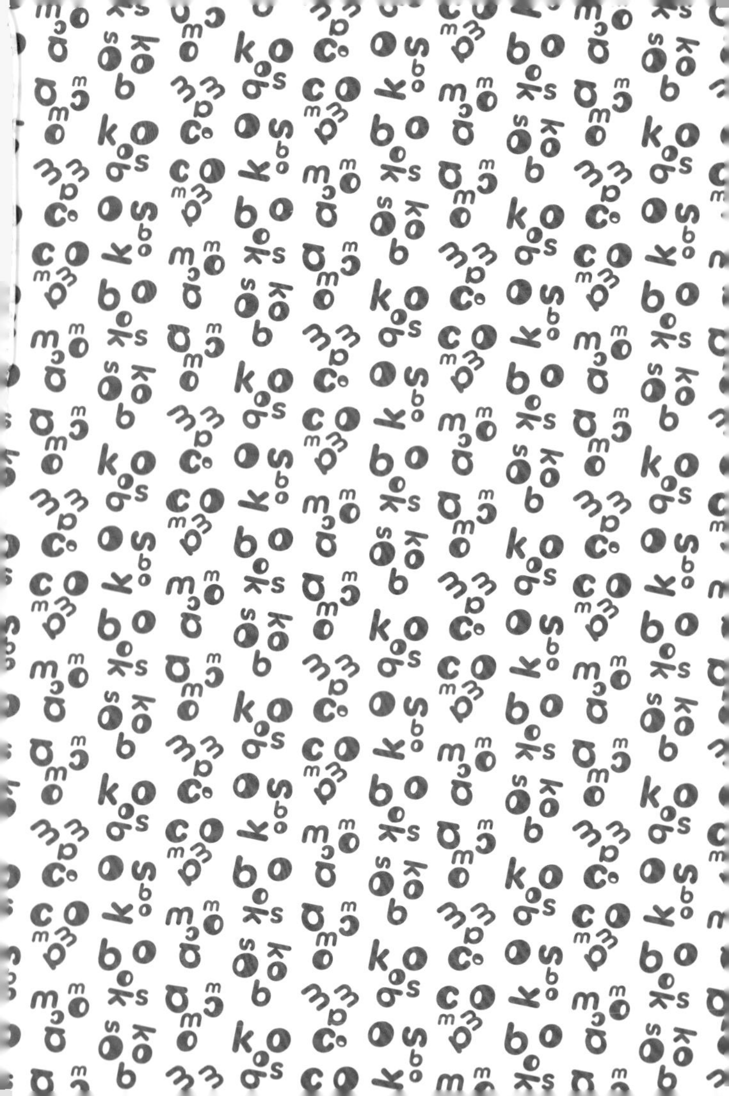

A CLEAN, WELL-LIGHTED PLACE

and other stories

一個乾淨明亮的地方：海明威短篇傑作選

陳夏民 譯

ERNEST MILLER HEMINGWAY

當你去了該去的地方，做了該做的事情，看了該看的風景，你用以寫作的器具也將變得遲鈍，失去鋒利。但我寧願讓它折彎、變鈍，好明白我必須重新鍛鍊、敲打、磨利它，好明白自己還有東西可寫，也不願讓它明亮動人卻無話可說，或是光滑油亮地被鎖在櫥櫃裡，無用武之地。

——海明威

作者介紹

海明威（Ernest Miller Hemingway 1899–1961）

「別人說話時，每個字都得聽進去。大多數的人都不願傾聽。」

海明威是一位著迷於傾聽的硬漢。他傾聽自然、傾聽社會、傾聽他者，也因為聽得見眾人聽而不聞的聲音，他格外厭惡例如神聖、光輝、犧牲等過於抽象的「大」字，說這些字難以入耳，令人難耐。他創作時總要刪除那些字眼，透過精簡、擬真的風格，讓故事中的角色全都平易近人，栩栩如生。如此的執著，也演變成他終身奉行的冰山理論：「顯現的一角之外，應該還有八分之七留在水面下。任何一清二楚的地方都應該刪去，只有看不見的地方才能夠鞏固這一座冰山。」

海明威一生中最熟悉的聲音，或許是槍聲。他曾遠赴西班牙、古巴、非洲等地，參與戰事或狩獵，也曾經歷重傷，瀕臨死亡。但無論傷得多重，他總重新站起來，如同他故事中的男性角色一樣：一個人能夠被摧毀，但不能被打敗。晚年，創作壓力、酗酒問題，以及家族遺傳的精神疾病，讓這一位硬漢作家數度進出病院，生不如死。在即將迎接六十二歲生日到來的前夕，一把獵槍朝著海明威的頭部發射，無論那是自殺或是意外走火，那一聲槍響，便是這一位傳奇小說家最後聽見的聲音。

目次

印第安人的營地
Indian Camp

又一艘小船被拉上湖岸。兩名印第安人佇候著。

尼克和父親登上船艄，印第安人們推船入水，其中一位登船划槳。喬治叔叔坐在營地小船的船艄，年輕的印第安人把營地小船推下水後，便跳上去幫喬治叔叔划船。

兩艘船在黑暗中航行。尼克聽見另一艘船自前方迷霧裡，傳來槳架的聲響。印第安人一槳又一槳快速划動。尼克躺進父親的環抱。水面寒涼。為他們划船的印第安人相當賣力，但另一艘船始終航行在前方霧裡，遙遙領先。

「爸，我們要去哪兒？」尼克問。

「要去印第安人的營地。有個印第安婦女病得很重。」

「噢。」尼克說。

越過湖，他們發現另艘船已經靠岸。喬治叔叔在黑暗裡抽著雪茄。年輕的印第安人將船拖上沙灘。喬治叔叔將雪茄分給那兩個印第安人。

他們從沙灘往上走，越過一片露水濕重的草原，一路緊跟著提燈籠的年輕印第安人。他們接著走進森林，沿小徑前行，小徑盡端是通往山丘後頭的運木道路。由於兩旁的樹木都已砍光，運木道路上的光線充足許多。年輕的印第安人停下腳步，吹熄燈籠，一群人繼續沿道路前進。

他們走過轉角，忽然一隻狗衝出來直吠。前方，剝樹皮的印第安工人所居住的簡陋木屋透出燈光。越來越多狗朝他們衝過來。兩名印第安人把狗兒們都趕回木屋。最靠近路面的那戶木屋有光線透出窗外。一名老婦人手持油燈佇立門邊。

木床躺著一名年輕的印第安婦女。她努力了兩天還無法產下小孩。營地裡的老婦人們都前來協助。男人們則是躲得遠遠，到路旁暗處抽菸，避免聽見女人的嚎哭。尼克與兩名印第安人，隨著父親和喬治叔叔走進木屋時，女人仍在喊叫。她躺在下鋪，大肚子蓋著棉被。她的頭歪向一邊。女人的丈夫待在上鋪。三天前他不小心讓斧頭砍傷自己的腳，傷勢相當嚴重。他抽著菸斗。房間瀰漫惡臭。

尼克父親指示在爐上燒點開水，等待水滾同時，他和尼克聊著。

「尼克，這位女士要生產了。」他說。

「我知道。」尼克回答。

「你才不知道。」他的父親說：「聽好。她現在正經歷分娩的過程。小寶寶想要出來，她也想要讓他出生。她全身肌肉都在為了將寶寶生下來而努力。這就是為什麼她會喊叫的原因。」

「我懂了。」尼克說。

此時女人又再放聲哭喊。

「噢，爸爸，難道不能給她點什麼，讓她別再喊叫嗎？」

「沒辦法。我沒帶麻醉劑。」他的父親說：「但她的叫聲不重要。不重要所以我聽不到。」

上鋪的丈夫面對牆壁蜷起身。

廚房裡的女人告訴醫生水已經熱了。尼克父親走進廚房將半壺熱水倒進臉盆。他解開包裹工具的手帕，將工具泡進水壺剩餘的熱水裡。

「這些東西得先煮沸。」他說著，然後拿起營地的肥皂，在裝滿熱水的臉盆裡洗手。尼克盯著父親使用肥皂洗手。他的父親一邊仔細搓洗雙手，一邊開口說話。

「你知道，尼克，生產時小寶寶的頭應該先出來，但有時卻非如此。如果頭沒有先出來，就會給大家帶來大麻煩了。說不定我得幫這位女士開刀。等一下就知道了。」

覺得雙手洗得夠乾淨以後他才進去，準備上工。

「喬治，能不能掀開這被子？」他問：「我最好別碰到。」

隨後他開始進行手術，喬治叔叔和另外三名印第安男人壓住女人，讓她別動。她咬了喬治叔叔的手臂，喬治叔叔叫：「該死的印第安潑婦！」剛才幫喬治叔叔划船的年輕印第安人嘲笑起他。尼克幫他的父親端好臉盆。手術耗時。

他的父親抱起小寶寶，拍打幾下促使他呼吸，然後將他交給老婦人。

「尼克，看，是個男孩。」他說：「當實習醫生感覺如何？」

尼克說：「還可以。」他撇過頭，這樣才不會看見他父親正在做什麼。

「好。可以了。」他的父親說，把什麼東西丟進臉盆。

尼克不想看。

「現在——」他的父親說：「還要再縫個幾針。尼克，要看不看，隨你高興。我現在要縫合手術的切口。」

尼克不願再看。他的好奇心早就消失。

手術結束，他的父親站起身。喬治叔叔和其他三個印第安男人也都站起來。尼克將臉盆端進廚房。

了。

喬治叔叔看著自己手臂。年輕的印第安人想起什麼便笑了。

「喬治，我來塗些雙氧水。」醫生說。

他彎下腰檢視印第安女人。她安靜下來，雙眼闔起。女人看起來十分蒼白。她不知道寶寶怎麼了，現在她什麼事都不知道。

「我明天早上再過來。」醫生一邊說話，一邊站直身子。「聖伊格內斯來的護士應該中午就到，她會把我們需要的物品都帶過來。」

現在，他就像是比賽過後群聚在更衣室的美式足球員一樣，覺得自己地位崇高，也變得健談許多。

「喬治，這可以刊載在醫療雜誌了！」他說：「用折疊刀進行剖腹產，再用九呎腸線縫合傷口。」

喬治叔叔靠牆站立，低頭看著自己手臂。

「噢，沒錯，你真是厲害。」他說。

「該去看看那位驕傲的父親。他們通常是這種小事件裡面最淒慘的受害者。」醫生說：「我得說那傢伙還真是沉得住氣呢。」

他掀開印第安人頭上的毯子。他覺得手上濕濕的。他踏著下鋪床板的邊緣，一手提著燈，往上鋪一探。印第安男人面壁躺著。他的喉嚨被切開，開口從左耳延伸到右耳。汩汩流出的鮮血，讓他身體壓於床鋪的凹陷處積出一片血泊。他的頭顱枕在左手臂。那把張開的剃刀，刀刃朝上，落在毯子上。

「喬治，快把尼克帶出去。」醫生說。

根本不需要多此一舉。當他父親一手提燈，另一隻手輕推印第安男人的頭，站在廚房門口的尼克將上鋪發生的這些事情，看得一清二楚。

他們沿著運木道路走回湖邊時，天才剛亮。

「小尼克，我很抱歉，不該帶你過來的。」他的父親說，手術後的得意神情早已不復見。「害你目睹這一切，實在太糟了。」

「女人生孩子都會這麼慘嗎？」尼克問。

「不，這是非常、非常罕見的例外。」

「爸爸，為什麼他要自殺？」

「我不知道。尼克，我猜他撐不下去了。」

「爸爸，很多男人自殺嗎？」

「不是很多，尼克。」

「很多女人自殺嗎？」

「幾乎沒有。」

「到底有沒有呢？」

「哦，有。她們有時候會自殺。」

「爸爸？」

「怎麼了？」

「喬治叔叔去哪了？」

「沒事，他會出現的。」

「爸爸，死很難嗎？」

「不，我覺得很容易。尼克，要看情況。」

他們坐上小船，尼克在船艄，父親划船。

太陽從山丘後升起。一尾鱸魚跳出湖面，畫下一道漣漪。尼克把手伸進水裡。清晨裡寒意逼人，但他的手是溫暖的。

大清早的湖面，他坐在父親划船的船艄，十分確信自己永遠不會死。

醫生夫婦
The Doctor and the Doctor's Wife

迪克・波頓從印第安營地前來為尼克的父親鋸原木。他帶著兒子艾迪，還有一名叫比利・泰伯蕭的印第安人隨行。他們穿過樹林，從後門進來。艾迪扛著長長的橫鋸。走路時橫鋸在他肩膀上下晃動著，發出音樂般聲響。比利・泰伯蕭扛著兩根大滾木鉤①。迪克臂膀裡則揣了三把斧頭。

他轉身關門。其他人走在他前方，朝湖邊掩埋原木的沙地上走。

這些原木來自一艘拖曳大批浮木②到工廠加工的汽艇「神奇號」，在拖運時從柵欄中脫落了。它們漂流靠岸，如果置之不理，沒過多久，神奇號的船員就會划船過來，找到原木後，將鋼鉤釘進木頭尾端，拖進湖面，以相同方式運回木頭。不過木材商可能永遠不會過來，才幾根原木，勞師動眾收集回去，賣了也抵不了工錢。如果無人回收，這些原木就將持續泡水，腐爛在沙灘上。

尼克的父親總是這般假設，然後僱用印第安人，讓他們從營地過來，使用橫鋸將原木鋸成一段段，再以尖劈把每段劈得更細，堆成一落木材③，以及燒火用的木塊。迪克．波頓繞過農舍，走到了湖邊。有四根巨大的山毛櫸原木，幾乎全被埋進沙子裡。艾迪把鋸子柄掛上樹枝。迪克將三把斧頭放到船塢。

① 配置活動彎鉤的棍棒，用來翻轉砍下的原木。

② 以水路運送木材的方式。汽船後方拖著一格又一格的木柵欄，柵欄內則是砍伐下的原木，拖行長度可達數十公尺。若柵欄過長，會另有汽船在柵欄旁護送。

③ cord，美國與加拿大所使用的木材計量單位：長八呎、寬四呎、高四呎的木材堆。

迪克是混血兒，很多住在湖邊的農夫都認定他是白人。他懶惰成性，一旦上工卻又很能幹活。他從口袋裡面掏出菸草嚼進嘴裡，以歐吉布威語④同艾迪和比利．泰伯蕭交談。

他們將滾木鉤插進原木，來回搖晃，讓原木脫離沙地。他們用盡全身氣力推動滾木鉤的木棍。沙裡的原木鬆動。迪克．波頓轉身盯著尼克的父親。

「呃，醫生。」他說：「你偷了上好的原木。」

「迪克，少亂說話。」醫生說：「這是漂流木。」

艾迪和比利．泰伯蕭把原木從濕漉沙地中鉤出來，朝水邊滾過去。

「泡進水裡去。」迪克．波頓喊著。

「你為什麼要這樣做？」醫生問。

「先洗洗。沙子洗掉了才好鋸。我來瞧瞧這木頭是誰的。」迪克說。

原木於湖水裡浸洗。烈日下艾迪和比利．泰伯蕭滿頭大汗，持續在滾木鉤上施力。迪克跪在沙地上，仔細讀起原木底端的鑿痕標誌。「原來是懷特與麥可納利的東西。」他說，一邊起身，拍掉褲子膝蓋的沙。

醫生相當不自在。

「迪克，你別鋸了。」醫生說得乾脆。

「不要生氣嘛，醫生。」迪克說：「不用生氣。我根本不在乎你偷了誰的原木。這都跟我無關。」

---

④ Ojibway，為北美的原住民部落。

「如果你認為這是偷來的，就放著別動，工具收一收回營地去。」醫生面紅耳赤地說。

「不要氣昏頭就亂講話啦，醫生。」迪克說。他朝原木吐了口菸草汁。菸草汁慢慢滑下，滴入水裡沖淡了。「你跟我一樣清楚，這些原木全是偷來的。對我根本沒差。」

「好。如果你認為這些原木是偷來的，就把東西收好，滾。」

「喂，醫生——」

「東西收收滾遠點。」

「聽好啦，醫生——」

「你再叫我一次醫生，我就打斷你的門牙叫你一口吞進去。」

「噢，不，你不會的，醫生。」

迪克．波頓看著醫生。迪克是個大個子。他也清楚自己多高大。他樂意打架。他總是很開心。艾迪和比利．泰伯蕭靠著滾木鉤望向醫生。醫生咬住下唇邊的鬍子瞪著迪克．波頓。接著他轉過身，逕自朝山丘上的農舍走。他們看他的背影，就知道他有多憤怒。他們幾個目送他走上山丘，走進農舍。

迪克以歐吉布威語說了幾句話。艾迪笑了出來，但比利．泰伯蕭倒是非常嚴肅。他聽不懂英文，但他們爭執時他直冒汗。他是位胖子，臉上只有幾根鬍子，活像個中國佬。他抓起兩根滾木鉤。迪克拿起斧頭，艾迪從樹上取下鋸子。他們動身，經過農舍從後門離開，走進了樹林。迪克沒關門。比利．泰伯蕭繞回來將門關上。一行人消失樹林間。

回到農舍的醫生，坐在他房間的床上，眼見書桌附近的地面堆了一疊醫學期刊，全都包裝完好，尚未開封。他一看就火大。

「親愛的，你不是回去工作了？」醫生妻子從她房裡問，她躺在床上，百葉窗都拉了下來。

「不了。」

「發生什麼事？」

「我和迪克·波頓吵架。」

「噢。」他的妻子說：「亨利，我希望你沒有亂發脾氣。」

「沒有。」醫生說。

「要記得，治服己心的，強如取城。」⑤他的妻子說。她是基督科學教會⑥的信徒，她的《聖經》、《科學與健康暨解經之鑰》，和《季刊》雜誌全擺在她昏暗床邊的桌上。

她的丈夫沒有回話。他坐在自己的床邊，清理獵槍。他把沉重的黃色子彈先塞進彈膛再退出來。子彈撒落一床。

「亨利。」他的妻子呼喚著。一陣靜默。「亨利。」

「我在這。」醫生說。

「你沒故意說什麼去激怒波頓吧，有嗎？」

「沒有。」醫生說。

「親愛的，那你在煩惱什麼？」

「沒什麼事。」

「告訴我，亨利。拜託你不要隱瞞我。究竟你在煩惱什麼？」

---

⑤《聖經》〈箴言〉16:32。

⑥ 基督科學教會，因瑪莉·貝克（Mary Baker Eddy）的著作《科學與健康暨解經之鑰》與《聖經》所啟發的基督教組織，深信信仰和祈禱能治癒所有疾病。

「嗯，我治好迪克他老婆的肺炎，他欠我一屁股債。我猜他就是想跟我吵架，不想替我作工抵債。」

他的妻子不發一語。醫生拿布仔細擦拭槍身。他將子彈推入，扣住彈膛彈簧。他獨自安坐，槍擺在膝蓋。他相當喜愛這把槍。然後聽見妻子的聲音從昏暗房間傳過來。

「親愛的，我不認為，我真的不認為有人會存心做這種事。」

「沒有嗎？」醫生說。

「不，我不相信有人會故意這樣做。」

醫生站起身，把獵槍放到梳妝檯後邊。

「你要外出嗎？親愛的。」他的妻子說。

「我想出去走走。」醫生回答。

「親愛的，如果你看到尼克，能不能告訴他，他的母親想見他？」他的妻子說。

醫生走出屋子來到門廊。身後的紗門砰的一聲關上。他聽見妻子在他甩上門時倒抽一口氣。

「對不起。」他站在她拉上百葉窗的窗戶外頭說。

「沒關係。親愛的。」她說。

他頂著大太陽走出大門，沿小路走進杉樹林。就算天氣如此炎熱，走進樹林仍頓顯涼爽。他發現尼克靠坐樹旁，正在閱讀。

「媽媽要你過去看看她。」醫生說。

「我要跟你一起去。」尼克說。

他的父親低頭看著他。

「好，那走吧。」他的父親說：「把書給我，我放進口袋裡。」

「我知道哪邊有黑色松鼠喔，爸爸。」尼克說。

「好。」他的父親說：「我們一起過去吧。」

三聲槍響
Three Shots

尼克正在帳篷裡脫衣服。他看見營火照射下，父親和喬治叔叔的影子映在帳篷帆布上。他覺得很不自在，覺得羞恥，便用最快速度脫下一身衣服，再整整齊齊疊好。他感到羞恥，因為脫衣服會讓他想起前一晚的事。一整天他都避免想起那件事。

他的父親和叔叔吃過晚餐，拿著手提燈到湖上釣魚。他們推船入水前，他的父親囑咐他，他們不在的時候，若是發生緊急狀況，只要拿起來福槍連開三槍，他們就會馬上回來。尼克從湖邊折返，穿過樹林要回到營地。黑暗之中他聽見划槳的聲音。他的父親正在划船，他的叔叔坐在船艄釣魚。他父親將船推入水那當下，喬治叔叔坐得沉穩，手裡的釣竿蓄勢待發。尼克仔細聆聽湖上動靜，直到再聽不見任何划槳聲。

穿過樹林的回程，尼克開始慌張。他本來就有點害怕夜晚的叢林。他拉開帳篷簾幕，在黑暗中脫下衣服，躲進毛毯裡，不敢發出任何聲音。外頭的營火燒得只剩一堆黑炭。尼克一動也不動地躺著，只想趕快進入夢鄉。四周寂然無聲。尼克心想，要是能聽到狐狸、貓頭鷹或任何東西的聲音，他就會好過點。到目前為止，他不曾恐懼過任何具有形體的東西。但這時他覺得好害怕。他突然害怕起死亡。幾個星期前，在家，在教堂，他們都唱著：「有一天銀線終將斷裂。」就在他們哼唱這首聖歌當下，尼克忽然領悟自己終將於某天死去。這讓他覺得糟糕透頂。他這輩子第一次領悟，當某個時刻到來，他就不得不死。

那天晚上，他坐在門廳，就著夜燈試圖閱讀《魯賓遜漂流記》，好讓自己別再多想銀線終將在某天斷裂的事。保姆發現他還在外頭，威脅他快上床去，否則要向他父親告狀。他回到床上直等著保姆回房，再立刻走出來，就著門廳的燈光讀到天亮。

昨晚，待在帳篷裡，他又感受到相同的恐懼。他總在入夜後才有這種恐懼。剛開始，比較類似領悟而非恐懼。但那感覺始終游移在恐懼邊緣，一旦發作，很快就會變成恐懼本身。就在他驚慌時刻，驀地他拿起來福槍，將槍口朝著帳篷外面，砰、砰、砰開了三槍。來福槍的作用力很強。他聽到槍響撕裂樹林般穿去。開槍後他頓覺安心。他躺下等待父親回來，結果父親和叔叔在湖的另一邊還未熄滅手提燈之前，他已沉沉睡去。

「那小鬼真該死。」他們往回划時，喬治叔叔說：「你幹嘛告訴他可以叫我們回去？說不定他只是發神經。」

喬治叔叔是熱愛釣魚的人，也是他父親的弟弟。

「喔，呃。他還小啊。」他的父親說。

「那就不該讓他跟我們到森林來。」

「我知道他是膽小鬼。」他父親說：「但我們在他那年紀不也一樣？」

「我就是受不了他。」喬治說：「鬼話連篇的臭小子。」

「哦，算了吧。魚再釣就有。」

他們回到帳篷，喬治叔叔拿著手電筒朝尼克眼睛照。

「小尼克，怎麼啦？」他的父親說。尼克自床上坐起。

「有一個聽起來介於狐狸和狼之間的東西，在帳篷外面繞來繞去。」尼克說：「聽起來像狐狸，但更像是狼。」他從他的叔叔身上學到「介於什麼之間」這種說法。

「可能只是聽到貓頭鷹在叫啦。」喬治叔叔說。

到了早晨，他父親發現兩棵枝幹交纏的菩提樹，在風中發出摩擦聲響。

「尼克，你覺得是這個聲音嗎？」他的父親問。

「可能吧。」尼克說。他根本不願回想這件事。

「尼克，在樹林裡不要覺得害怕。因為根本沒有東西能傷害你。」

「那閃電呢？」尼克問。

「嗯，閃電也傷害不了你。如果下起大雷雨，就朝著曠野跑，不然躲在山毛櫸底下。閃電劈不到你。」

「永遠劈不到？」尼克問。

「從沒聽過有人被劈死。」他的父親說。

「謝天謝地，我真高興今天知道了山毛櫸這種樹。」

現在，他在帳篷裡脫衣服。牆上兩道影子，他雖然沒有緊盯著看，但還是不免在意。接著，他聽到有艘船被拉上岸，然後那兩道影子消失不見。他聽見他的父親和某人交談。這時，他的父親大喊：「尼克，把衣服穿好。」

他用最快的速度穿上衣服。他的父親進帳篷來，仔細翻找筒狀行李袋。

「尼克，把外套穿上。」他的父親說。

殺手們
The Killers

亨利餐館的門開了，兩個男人走進來，坐在櫃檯邊。

「想來點什麼？」喬治問他們。

「不知道耶。」其中一位男人說：「艾爾，你想吃什麼？」

「我不知道。」艾爾說：「我不知道吃什麼好。」

外頭天色漸暗，街燈的光從窗外透進來。櫃檯邊的兩個人研讀菜單，尼克．亞當斯則從櫃檯另一端觀察他們的動靜。他們進門之前，尼克和喬治正在聊天。

「我來份燒烤嫩豬里肌肉佐蘋果醬，然後馬鈴薯泥。」第一位男人說。

「這道菜還沒好。」

「他媽的那你沒事把它放在菜單上幹嘛？」

「那是晚餐。六點才開始供應。」喬治解釋。

喬治看著櫃檯後方牆上的時鐘。

「現在五點。」

「那時鐘明明就五點二十分。」第二位男人說道。

「這鐘快二十分鐘。」

「噢，該死的鐘。」第一位男人說：「你們還有什麼可以吃的？」

「我們有各種三明治。」喬治說：「像是火腿蛋、培根蛋，豬肝培根，或牛肉口味。」

「給我來份炸雞肉丸子配豌豆，奶油醬汁，然後馬鈴薯泥。」

「那也是晚餐。」

「怎麼我們想吃的全都是晚餐，欸！是這樣子經營的嗎？」

「我可以幫你做火腿蛋、培根蛋、燒肝——」

「那我就火腿蛋吧。」叫艾爾的男人說。他戴著圓頂窄邊禮帽，穿著胸口鈕釦緊扣的黑色大衣。他的臉小又蒼白，嘴唇單薄，套著絲質圍巾還戴上手套。

「我要培根蛋。」另一個男人說。他的身材和艾爾差不多。雖然他們的臉長得不一樣，但穿衣風格卻像雙胞胎。兩個都穿著尺寸過小的大衣。他們向前傾，手肘靠上櫃檯。

「有什麼喝的？」艾爾問。

「銀啤酒、Bevo①、薑汁汽水。」喬治回答。

「我是問你有什麼東西可以喝②。」

「就是我說的那些。」

「這小鎮還真熱。他們怎麼稱呼這地方？」另一名男人說道。

「薩密特。」

「你有聽過嗎？」艾爾問他的朋友。

「沒有。」朋友答。

「你們晚上有什麼活動？」艾爾問。

「一起吃晚餐。」他的朋友說：「他們都會來這邊一起吃頓大餐。」

「就是這樣。」喬治說。

---

① 銀啤酒 Silver Beer，為顏色較淺、酒精濃度較低的淡啤酒。Bevo，無酒精飲品，口感近似啤酒，於 1920 至 1933 年間的美國禁酒時期，十分流行。

② 意指喝酒。

「你覺得他說的一點也沒錯？」艾爾問喬治。

「當然。」

「你這小鬼很聰明嘛，是不是？」

「當然。」喬治說。

「呃，才怪。」另一個小個子說。「艾爾，他聰明嗎？」

「笨蛋一個。」艾爾說。他轉頭看著尼克。「你叫什麼名字？」

「亞當斯。」

「又一個聰明的小鬼。」艾爾說：「麥克斯，你不覺得他也是個聰明小鬼嗎？」

「這小鎮怎麼到處都是聰明小鬼。」麥克斯說。

喬治把兩只淺盤放上櫃檯，一盤裝著火腿蛋，另一盤則是培根蛋。他也將配菜炸馬鈴薯的小碟子端上來，關起通廚房的小窗。

「你點了什麼？」他問艾爾。

「你不記得？」

「火腿蛋。」

「真是聰明的小鬼。」麥克斯說完，往前拿了那盤火腿蛋。這兩個男人吃東西也不脫手套。喬治緊盯他們用餐。

「你看個屁？」麥克斯瞪著喬治。

「沒有。」

「你他媽的就有。你分明就在看我。」

「那個小鬼只是在玩啦，麥克斯。」艾爾說。

喬治笑出來。

「你別笑。你根本就不該笑，懂嗎？」麥克斯對他說。
「好吧。」喬治說。
「他覺得沒事了。」麥克斯轉身面對艾爾。「他以為這樣就沒事了。好樣的。」
「噢，他是思想家。」艾爾說。他們繼續吃。
「櫃檯後邊那個聰明小鬼叫什麼？」艾爾問麥克斯。
「嘿，聰明小鬼。」麥克斯對尼克說：「到櫃檯後面去陪你男朋友。」
「你什麼意思。」尼克問。
「沒有什麼意思。」
「你最好趕快過去，聰明的小鬼。」艾爾說。尼克繞到櫃檯後頭。

「你要幹嘛？」喬治問。

「他媽的跟你沒關係。誰在廚房裡面？」艾爾說。

「有個黑鬼。」

「什麼叫做有個黑鬼？」

「負責煮菜的黑鬼。」

「叫他過來。」

「你要幹嘛？」

「叫他過來。」

「你們知道這是誰的地盤嗎？」

「媽的我們瞭得很。」叫麥克斯的男人說：「我們看起來像傻瓜嗎？」

「你就在說傻話。」艾爾告訴他：「他媽的沒事跟這個小鬼吵什麼。聽好，叫那個黑鬼到這邊來。」他對喬治說。

「你想對他怎樣？」

「不怎麼樣。用點腦筋吧，聰明小鬼。我們幹嘛要對黑鬼怎樣？」

喬治打開連到廚房的小窗，對裡面叫喚：「山姆，過來一下。」

通到廚房的門打開了，那名黑鬼走進來。「幹嘛？」他問。櫃檯邊兩個男人看了他一眼。

「很好，黑鬼。你站那邊別動。」艾爾說。

山姆，那名黑鬼，穿著圍裙獃站，看著坐在櫃檯邊的兩個男人。「是，先生。」他說。艾爾從凳子上下來。

「我陪黑鬼和聰明小鬼回廚房。」他說：「回去，黑鬼。聰明小鬼，你也跟上去。」小個子男人走在尼克與廚師山姆後頭，一起進了廚房。他們一進去門也跟著關上。叫做麥克斯的男人坐在櫃檯，和喬治面對面。他對喬治視而不見，直盯著櫃檯後方那一大片鏡子瞧。原來，亨利餐館是一間酒吧改裝成的。

「喂，聰明小鬼。」麥克斯看著鏡子，繼續說道：「你幹嘛不說話？」

「這究竟怎麼一回事？」

「嘿，艾爾。」麥克斯大叫：「聰明小鬼想知道這究竟怎麼一回事。」

「你幹嘛不自己講？」艾爾的聲音從廚房裡傳過來。

「你覺得是怎麼一回事？」

「我不知道。」

「你想想？」

麥克斯講話時總盯著鏡子。

「我不想講。」

「嘿，艾爾，聽明小鬼說他不想講究竟發生了什麼事情。」

「我聽得到。好吧。」廚房裡的艾爾講話，然後拿蕃茄醬瓶子撐開通往廚房的送餐窗口。「聽著，聽明的小鬼。」他從廚房對著喬治說話。「離吧檯遠一點。麥克斯，你往左邊移一下。」他的口氣就像攝影師指揮大夥兒拍團體照。

「說說看啊，聽明小鬼。」麥克斯問：「你覺得等會兒發生什麼事？」

喬治不發一語。

「那我告訴你吧。」麥克斯說：「我們要殺一個瑞典人。你認識一個叫歐爾．安德森的大個子瑞典人嗎？」

「認識。」

「他每天晚上都會來這邊吃晚餐，對吧？」

「他有時候會過來。」

「他都六點到，對吧？」

「如果有來的話。」

「我們一清二楚，聰明小鬼。」麥克斯說：「來聊其他的事吧。看過電影嗎？」

「偶爾會去。」

「你應該多看點電影。對你這種聰明小鬼來說，電影有益處。」

「你為什麼要殺歐爾·安德森？他哪裡冒犯到你們？」

「他才沒機會冒犯我們。他根本沒看過我們。」

「而且他這輩子只會看到我們一次。」艾爾從廚房搭腔。

「既然這樣，你們又何必殺他？」喬治問。

「我們要幫個朋友殺他，純粹答應朋友要幫忙而已，聰明小鬼。」

「閉嘴。」廚房裡的艾爾說：「你他媽太多嘴了。」

「呃，我怕聰明小鬼太無聊。你說是不是，聰明小鬼？」

「你他媽話太多了。黑鬼和我的聰明小鬼會自己找樂子。我把他們像女子修道院的小姑娘一樣綁了起來。」艾爾說。

「我猜你應該待過女子修道院。」

「你又知道。」

「你待過猶太女子修道院。你以前就待在那地方。」

喬治抬頭看時鐘。

「如果有人上門，你就說廚師休假，如果他們硬是要點餐，你就告訴他們，說你會進廚房自己煮。懂了嗎？聰明小鬼。」

「好吧。」喬治說：「結束之後，你會對我們怎樣？」

「要看狀況。」麥克斯說：「這種事你現在說不準。」

喬治抬頭看時鐘。六點十五分。臨街的門打開，一名電車司機走進來。

「哈囉，喬治。晚餐好了嗎？」他說。

「山姆出去了。大概要半小時才會回來。」喬治說。

「那我最好上街繞繞。」司機說。喬治看著時鐘。六點二十分。

「幹得好。聰明小鬼。」麥克斯說。「你真是個道地的小紳士。」

「他知道我會轟掉他的腦袋。」艾爾從廚房說話。

「不，才不是。聰明小鬼很棒，是個乖孩子，我喜歡。」麥克斯說。

六點五十五分當下喬治說：「他不會來了。」

兩個客人來過餐廳。喬治進過一次廚房，幫男客人做了外帶的火腿蛋三明治。待在廚房時，他看到艾爾將禮帽頂在後腦杓，手裡握著槍管鋸短的獵槍，槍口倚住壁架，獨自坐在小窗口旁的凳子上。尼克和廚師背對背待在角落，嘴巴綁著毛巾。喬治做好三明治後，拿蠟油紙包起來，放進紙袋交給客人，那男人付過錢就離開了。

「聰明小鬼什麼事情都拿手。」麥克斯說：「會做菜，無所不能。你可以把女孩子調教成一個好太太喔，聰明小鬼。」

「是嗎？」喬治說。「你朋友，歐爾・安德森，看來不會出現了。」

「我們再給他十分鐘。」麥克斯說。

麥克斯看著鏡子和時鐘。時針分針指向七點整，然後又過了五分鐘。

「算啦，艾爾。我們該閃了，他不會來了。」麥克斯說。

「最好再給他五分鐘。」廚房裡的艾爾說。

有個男人在這五分鐘裡進了門，喬治向他解釋廚師生病的事。

「他媽的你幹嘛不再請另一個廚師咧？」男人問：「你們

還想不想開餐廳啊？」說完便走出去。

「走吧，艾爾。」麥克斯說。

「這兩個聰明小鬼，還有這個黑鬼怎麼辦？」

「他們不會怎樣。」

「你確定？」

「當然，收工了。」

「我不喜歡這樣，拖泥帶水，你又太多嘴。」艾爾說。

「噢，媽的咧。我們總得找樂子吧，不能嗎？」麥克斯說。

「你話太多，每次都這樣。」艾爾說。他從廚房走出來。截短槍管的獵槍讓緊身大衣的腰邊凸了一塊。他用戴手套的手整理大衣。

「再見啦，聰明小鬼。」他對喬治說：「算你好狗運。」

「他說的是實話。你應該趕快去賭馬，聰明小鬼。」麥克斯說。

兩個人走出門外。喬治透過窗戶緊盯著他們走過弧型街燈，穿越大街。緊身大衣和圓頂窄邊禮帽讓他們看起來像歌舞雜耍團的成員。喬治推門走進廚房幫尼克和廚師鬆綁。

「別再來了。」廚師山姆說：「我再也受不了了。」

尼克站起身。毛巾塞嘴還真是他生平頭一遭。

「哼，媽的，搞什麼鬼？」他佯裝威風來消除方才的驚恐。

「他們想殺歐爾．安德森。他們打算趁他進門吃飯時，開槍打死他。」喬治說。

「歐爾．安德森？」

「沒錯。」

廚師用拇指按壓自己的嘴角。

「他們都走了？」他問。

「對，都走了。」喬治說。

「我不喜歡這樣子。我一點都不喜歡這種事情。」廚師說。

「聽好，你最好去歐爾・安德森那看一下。」喬治對尼克說。

「好吧。」

「你最好不要輕舉妄動。」廚師山姆說：「閃遠一點比較好。」

「你不想去就別去了。」喬治說。

「牽扯進去不會有好處的。」廚師說：「你別蹚這渾水。」

「我去看他。」尼克對喬治說：「他住哪裡？」

廚師別過頭去。

「小孩子都以為自己很行。」他說。

「他住在賀區的出租公寓。」喬治對尼克說。

「那我去看看。」

外頭，弧形街燈的光映照過某棵樹的光禿樹枝。尼克沿街車軌道走到街道另一頭，從下一個弧形街燈的轉角，轉進一條小巷。眼前三棟房子就是赫區的出租公寓。尼克踏上兩級臺階，按下門鈴。有位女人應門。

「歐爾．安德森在嗎？」

「你要見他嗎？」

「對，如果他在的話。」

尼克跟著女人走上樓梯，直到走廊尾端。她敲敲門。

「誰呀？」

「有人要見您，安德森先生。」女人說。

「我是尼克．亞當斯。」

「請進。」

尼克開門走進房裡。歐爾．安德森穿著整齊躺在床上。曾經是位重量級拳擊手的他，個頭太大，床太小了。他枕著兩顆枕頭。他並未看著尼克。

「什麼事情？」他問。

「我剛人在亨利餐館。」尼克說：「來了兩個人把我和廚師給綁起來，還說要幹掉你。」

他陳述這件事情時，聽起來有點可笑。歐爾．安德森一句話也沒說。

「他們把我們綁在廚房裡。」尼克繼續，「還說等你進門吃晚餐，就一槍斃了你。」

歐爾·安德森看著牆壁，不發一語。

「喬治認為我最好過來通報你一聲。」

「我沒有辦法解決。」歐爾·安德森說。

「我可以告訴你他們的長相。」

「我不想知道他們長什麼樣。」歐爾·安德森說，依然看著牆壁。「謝謝你過來告訴我這件事情。」

「這沒什麼。」

尼克看著躺在床上的大個子。

「要不要我去找警察？」

「不用。」歐爾·安德森說。「這沒好處。」

「難道沒有我可以幫忙的地方嗎？」

「沒有。沒有什麼好幫的。」

「說不定只是想嚇唬你。」

「不，這不是嚇唬。」

歐爾・安德森轉過身面對牆壁。

「唯一的問題是——」他對著牆壁說：「我下不了決心到外頭去，我已經待在這裡一整天了。」

「難道不能出城避避鋒頭嗎？」

「不。我受夠了一再逃命。」歐爾・安德森說。

他盯著牆壁看。

「沒有辦法了。」

「難道沒有解決的方法嗎？」

「沒有，我犯了錯。」他說話的聲音依舊平板。

「沒其他處理辦法。再一會兒，我會下定決心出去。」

「我最好回去喬治那兒看看。」尼克說。

「再見。謝謝你過來。」歐爾．安德森說。他沒有看尼克。

尼克走出去。他關門的時候，看見歐爾．安德森穿著整齊躺在床上，盯著牆壁呆看。

「他已經待在房裡一整天了。」樓下的房東太太說：「我猜他不舒服，勸他說：『安德森先生，秋日正好，您該出去走走。』但他就是不願意。」

「他不想出去。」

「他身子不舒坦，我也覺得遺憾。他是個大好人。以前是打拳擊的，你知道吧。」女人說。

「我知道。」

「要不是他破相了，誰會知道他以前是打拳擊的。」女人說。他們站在臨街的門裡。「他太溫和了。」

「好吧，晚安了，賀區太太。」尼克說。

「我不是賀區太太。這地方是她的，我來幫忙打理。我是貝爾太太。」

「那麼，晚安了。貝爾太太。」尼克說。

「晚安。」女人說。

尼克走過暗街上的弧形街燈轉角，沿著街車軌道走回亨利餐館。喬治還在店裡，站在櫃檯後面。

「你看到歐爾了嗎？」

「嗯。他在房裡不肯出門。」尼克說。聽見尼克，廚師打開廚房的門。

「我什麼都沒有聽到。」說完，廚師立刻關門。

「你說了嗎？」喬治問。

「當然說了，他自己也很清楚啊。」

「他打算怎麼解決？」

「他不打算解決。」

「他們會殺死他的。」

「我猜也是。」

「他一定在芝加哥惹了什麼麻煩。」

「大概吧。」尼克說。

「真他媽的大麻煩。」

「要命的大麻煩。」尼克說。

他們沉默下來。喬治從底下拿出一條抹布，開始擦拭櫃檯。

「不知道他幹了什麼好事。」尼克說。

「出賣某人吧。這就是他們要殺他的原因。」

「我要離開這個小鎮。」尼克說。

「可。這樣也好。」喬治說。

「一想到他待在房裡等死，我就受不了。這太糟糕，太可怕。」

「那麼，你最好不要再想了。」喬治說。

世界的光
The Light of the World

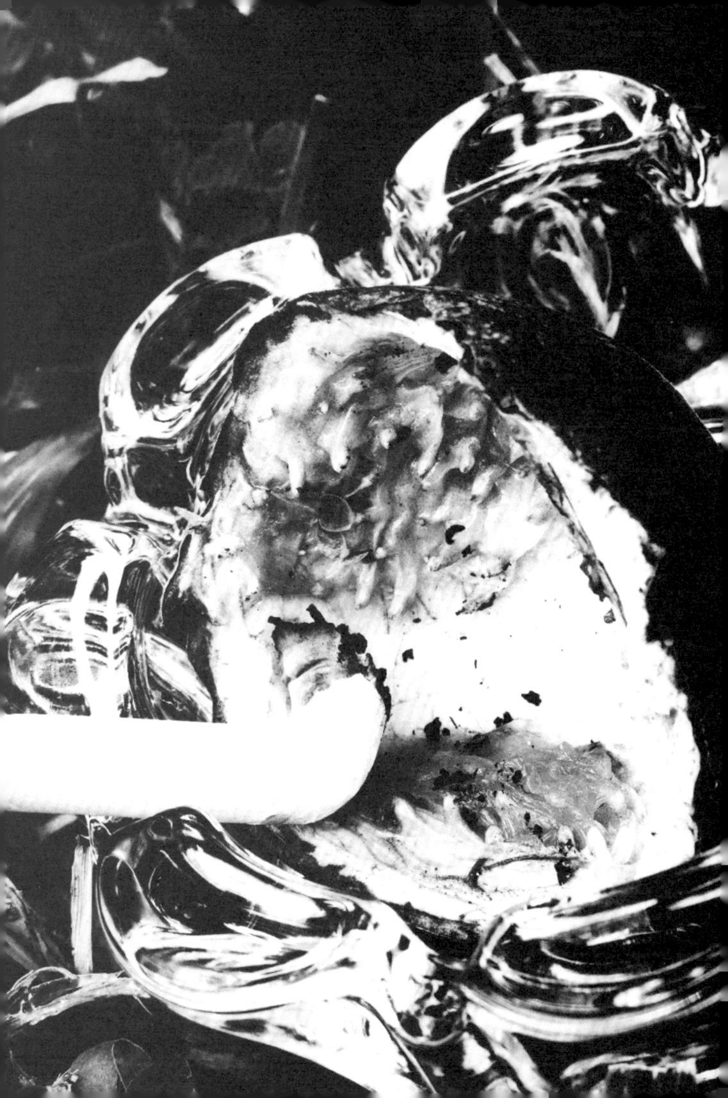

一見我們進門，酒保便抬起頭，一邊伸手把玻璃罩子蓋回那兩碗免費午餐①上頭。

「給我一杯啤酒。」我說。他倒過一杯，用刮刀抹掉上頭泡沫後就緊握著杯子不放。直到我將一枚鎳幣放上木造檯面，他才把啤酒沿桌面推過來。

「你呢？」他對湯姆說。

「啤酒。」

他再倒了杯啤酒，刮掉泡沫，看到錢才把啤酒推到湯姆面前。

「有什麼問題？」湯姆問。

酒保沒回答，視線越過我們頭頂，對剛進門的男人說：「你要什麼？」

「黑麥威士忌。」那男人說。酒保拿出酒瓶、酒杯，和一杯水。

湯姆伸手掀開免費午餐的玻璃罩子。碗裡頭擺著醃豬腳、一支類似剪刀功用的木頭玩意，末端兩個木叉形狀正好叉肉。

「不行。」酒保邊說邊把玻璃罩蓋回去。湯姆手裡握著木叉剪。「放回去。」酒保說。

「你說要放哪兒。」湯姆說。

---

① 免費午餐，十九世紀初的美國酒館，只要點一杯飲品，就可以享用附贈的麵包或是價值稍高於飲品的食物。店主以此行銷方式，吸引顧客多點飲品。「天下沒有白吃的午餐（There ain't no such thing as a free lunch.）」這句話，也就是從這個業界現象來的。

酒保一隻手伸到吧檯下方，緊盯著我們兩個。我放了五十分錢在桌上，他才挺直身子。

「你要什麼？」他說。

「啤酒。」我說。他去倒酒前，順便掀開了碗上的玻璃罩。

「你他媽的豬腳臭酸了！」湯姆說完，把嘴裡的東西吐到地上。酒保不發一語，喝掉黑麥威士忌的男人付過錢，頭也不回地閃人。

「你才臭！」酒保說：「你們這對兔崽子才臭！」

「他說我們是兔子！」湯姆對我說。

「聽著，我們走吧。」我說。

「你們這對兔崽子給我滾！」酒保說。

「我說我們本來就想走。」我說：「可不是聽你的。」

「我們會再回來！」湯姆說。

「你們才不敢！」酒保對他說。

「警告他，他錯得有多離譜！」湯姆對我說。

「算了啦。」我說。

外頭舒適、漆黑。

「那到底是什麼鬼地方！」湯姆說。

「我哪知道。」我說：「去車站吧。」

我們從城鎮的某個角落進來，接著又將從另一端離開。空氣中聞得到獸皮、鞣料樹皮②和鋸木屑的味道。我們進城時天色正慢慢轉暗，現在變得又黑又冷，路上水窪的邊緣都開始結

---

②製革工業將特定品種的樹皮拆下，萃取單寧酸後，用其將獸皮製作成皮革。

冰了。

五名妓女在車站等火車進站，另外還有六位白人和四位印第安人。這地方好擠，鍋爐熱燙，還發出陳腐氣味的煙霧。我們走進車站時無人交談，售票窗口也關了。

「把門關上行不行？」有人說。

我四處找說話的人，原來是那些白人其中一個。他和其他人一樣，穿著截短的長褲、伐木工人的橡膠鞋和粗呢絨格子衫，但沒有戴帽子。他的臉色蒼白，雙手又白又削瘦。

「不能關一下門嗎？」

「好。」我說，把門關上。

「謝謝。」他說。當中有個男人暗笑。

「有沒有軋過③廚師呀？」他對我說。

「沒有。」

「那你可以跟這個軋一下。」他看著那名廚師。「他就愛來這一套。」

廚師緊閉雙唇，別過頭去。

「他把檸檬汁塗在手上——」男人說：「說什麼都不肯把手伸進洗碗水裡面。你們瞧他那雙手多白啊。」

有位妓女大聲笑出來。她是我這輩子見過最大隻的妓女，也是最大隻的女人。她還穿著會變色的絲質洋裝。另外兩個妓女雖然也差不多大隻，但這個巨無霸鐵定有三百五十磅重。你要是見到她，絕對不敢相信她是真人。這三名妓女都穿著閃色

③ interfere with，原指與某人起衝突，也指猥褻孩童或性騷擾。

絲質洋裝。她們並肩坐於長椅。很大隻。另外兩個看來就是一般的妓女，冒牌的金髮女郎。

「你看他的手。」男人說，朝廚師那兒點點頭。妓女笑開了，一直晃。

廚師轉過身來急促地對她說：「妳這一大團噁爛的肥肉山！」

她還是笑得沒完沒了，抖個不停。

「噢，我的老天！」她說。聲音很好聽。「噢，我的老天爺呀！」

兩位大個頭妓女呢，安安靜靜的，一副無知模樣，但她們很魁梧，幾乎和最大隻那位差不多。她們一定都超過兩百五十磅。再另外兩位妓女看起來則挺端莊的。

男人之中，除了廚師和說話的男人之外，還有兩名伐木工人，專心聽的那一個，對這話題挺有興趣，但有些害羞；另一個看起來則好像準備想發表點什麼，此外是兩名瑞典人。兩位印第安人坐在長椅末端，一位印第安人靠在牆邊。

那個準備發表意見的男人，壓低聲音對我說：「一定就像壓在一團乾草堆上面。」

我笑了出來，並轉述給湯姆。

「我對天發誓，我這還是頭一次遇到這種狀況。」他說：「看那三個女人！」然後廚師說話了。

「小伙子，你們兩個幾歲啦？」

「我九六，他六九。」湯姆說。

「呵！呵！呵！」巨無霸妓女搖晃身軀，止不住笑。她的聲音真悅耳。其他妓女沒有笑。

「噢，不能正經一點嗎？我只不過想友善點才問的。」廚師說。

「我們一個十七，一個十九。」我說。

「你幹嘛啦？」湯姆轉過來對我說。

「又沒關係。」

「你可以叫我愛麗絲。」巨無霸妓女話剛講完，渾身又亂顫個不停。

「那是妳的名字？」湯姆問。

「當然。」她說。「愛麗絲。不是嗎？」她轉身面對廚師旁的男人。

「是愛麗絲。沒錯。」

「是那種名字吧？」廚師說。

「這是我本名。」愛麗絲說。

「其他女孩的名字呢？」湯姆問。

「海瑟兒和伊瑟兒。」愛麗絲說。海瑟兒和伊瑟兒微笑。

她們一點也不爽朗。

「妳的名字呢？」我對其中一位金髮女郎說。

「法蘭西斯。」她說。

「法蘭西斯什麼？」

「法蘭西斯・威爾森。有意見嗎？」

「妳的呢？」我問了另一名。

「喂，少沒禮貌。」她說。

「他只是想要我們打成一片。」剛才講話的男人說：「交個朋友嘛。」
「不要。」冒牌金髮女郎說：「不想跟你們。」
「她就是個小辣椒，很典型的小辣椒。」男人說。
冒牌金髮女郎看著另一名金髮女郎，搖了搖頭。
「該死的老古板。」
愛麗絲又笑得花枝亂顫。
「沒什麼好笑的。」廚師說。「妳笑個不停，但根本沒有什麼好笑的。小子，你們要去哪？」
「那你又要去哪？」湯姆問他。
「我要去凱迪拉克。」廚師說：「你去過嗎？我妹住在那邊。」
「他自己就是個妹子。」穿著截短長褲的男人說。

「你說夠了沒？」廚師說：「不能好好講話嗎？」

「凱迪拉克可是史帝夫．柯契爾的家鄉，艾德．沃葛斯同樣是打那裡來的。」害羞男人說。

「史帝夫．柯契爾。」一名金髮女郎以高亢聲音喊著，彷彿這個名字往她身體裡開了一槍。「他爸爸開槍殺了他。沒錯，我對天發誓，他的親生爸爸。再也沒有像是史帝夫．柯契爾這樣的男人了。」

「他的名字不是史丹利．柯契爾嗎？」廚師說。

「噢，閉嘴。」金髮女郎說：「你有多認識史帝夫？史丹利。他才不是史丹利。史帝夫．柯契爾是有史以來最棒最健美的男人。我從來沒見過像史帝夫．柯契爾一樣乾淨、白皙、美麗的男人。沒有男人能像他一樣。他動如猛虎，還是全世界最健美、最大方慷慨的人。」

「妳認識他？」其中一個男人問。

「我認識他？我認識他？我愛過他？你問這什麼問題？我認識他，熟得就像全世界你只認識這一個人，我愛他就像你愛神一樣。他可是有史以來最棒、最健美、最白皙、最美麗的男人了，史帝夫．柯契爾，但他爸竟然把他像條狗一樣給射死了。」

「妳有陪他去沿岸城市比賽嗎？」

「沒有。我是在那之前認識他的。他是我唯一愛過的男人。」

冒牌金髮女郎用高度戲劇性方式訴說這些故事，在場所有人都對她懷著敬意，但愛麗絲又開始搖晃起來。我坐她旁邊所以感受得到。

「妳應該嫁給他的。」廚師說。

「我不能妨礙他的事業。」冒牌金髮女郎說：「我不想拖累他，他並不需要一個老婆。噢，天啊，那麼好的男人！」

「看起來也是。」廚師說：「但傑克．強森不是打倒他了嗎？」

「他耍詐！」漂白髮色的女郎說：「那個大黑鬼突襲他。他早就打倒傑克．強森那個混帳黑鬼了。那傢伙只是僥倖打到他。」

售票窗口開啟，三個印第安人走過去。

「史帝夫把他打趴之後——」漂白髮色的女郎說：「還回頭對我笑。」

「妳剛才不是說妳沒有陪他去沿岸城市？」有人說。

「我就只去看過那場決鬥。史帝夫回頭對我笑，然後那個狗娘養的黑鬼就從地獄裡跳起來偷襲。史帝夫有能力幹掉一百個跟他一樣的混帳黑鬼。」

「他是個了不起的鬥士。」伐木工人說。

「上帝呀，他就是——」漂白髮色的女郎說：「上帝呀，如今再也不會有跟他一樣的戰士了。他像神一樣，根本就是那樣白皙、乾淨、美麗、柔和，又敏捷，像是猛虎或閃電一樣。」

「我看過他那場比賽的影片。」湯姆說。我們深受感動。愛麗絲全身劇烈顫抖，我轉過身，發現她在哭。印第安人已經走上月台去了。

「他比全天下任何一個老公都有能耐。」漂白髮色的女郎說：「我們在上帝見證中結為連理，我現在未來都屬於他，我完完全全是他的人。我不在乎自己的肉體，誰要都可以拿去。但我的靈魂屬於史帝夫．柯契爾。我對天發誓，他是個男子漢。」

每個人都覺得不自在。這情況太悲情，也太尷尬。依舊顫抖著的愛麗絲終於開口。「妳這骯髒的騙子。」她用那低沉的嗓音說道：「妳這輩子根本沒睡過史帝夫．柯契爾，妳清楚得很。」

「妳憑什麼講這種話？」漂白髮色的女郎帶點驕傲地說。

「我敢這樣說，因為這就是事實。」愛麗絲說：「我是這裡唯一一個認識史帝夫．柯契爾的人，我來自曼徹羅納，我們就是在那邊相遇的。這才是事實，妳心知肚明，如果有半句假話，老天爺可以來道閃電劈死我。」

「祂也可以劈死我啊！」漂白髮色的女郎說。

「這是真的、真的、真的，妳清楚得很。不是捏造，他對我說過的話，我一字不忘。」

「他說過什麼？」漂白髮色的女郎質問，有點得意。

愛麗絲哭起來，身子也抖得厲害，幾乎沒有辦法說話。「他說：『愛麗絲，妳是件可愛的藝術品。』這就是他對我說的。」

「鬼扯。」漂白髮色的女郎說。

「是真的。」愛麗絲說：「他真的說過這句話。」

「鬼扯。」漂白髮色的女郎驕傲起來。

「不是，這是真的、真的、真的，我對耶穌和聖母發誓，千真萬確！」

「史帝夫不可能會說那種話。這不是他說話的方式。」④
漂白髮色的女郎說得高興。

「是真的。」愛麗絲用美好的聲音說：「妳信不信對我來說都沒差。」她不再哭泣，冷靜下來。

---

④廚師其實沒說錯，本故事中的拳擊手，實為來自密西根州凱迪拉克城，素有「密西根刺客」（The Michigan Assassin）之稱的史丹利．柯契爾（Stanley Ketchel），而非史帝夫．柯契爾（Steve Ketchel）。1909年10月16日，柯契爾於加州科爾馬市，出戰傑克．強森（Jack Johnson），慘遭滑鐵盧，讓出冠軍寶座。隔年柯契爾慘遭謀殺，兇手並非他的父親，而是同在農場生活的友人華特．迪普利（Walter Dipley）。但有二說值得推敲，一是史丹利．柯契爾喜歡親近的朋友叫他史帝夫，二是史丹利慘遭殺害後數年，亦有拳擊手以史帝夫．柯契爾（Steve Ketchel）之名出戰艾德．沃葛斯（Ad Wolgast），因此愛麗絲提到的史帝夫有可能是這一位。

「史帝夫絕對不可能會說那種話。」漂白髮色的女郎向眾人宣告。

「他說過。」愛麗絲帶著微笑說：「我記得，當他說過這句話後，我真的如他所說，是一件可愛的藝術品。現在，我就是比妳還要高級的藝術品，妳這個乾巴巴的舊熱水瓶。」

「妳少侮辱我！」漂白髮色的女郎說：「妳這一座巨型膿瘡山。過去的事，我記得一清二楚。」

「不。」愛麗絲用那一貫甜美的聲音說：「除了切除輸卵管，還有第一次沾上古柯鹼和嗎啡這種事之外，妳什麼都是從報紙上看來的。我乾乾淨淨的，妳知道，雖然肉了一點，但男人還是喜歡我，妳很清楚，而且我從不說謊，妳全都知道。」

「我有回憶就好。」漂白髮色的女郎說：「我那些真實、美好回憶。」

愛麗絲看著她，又看著我們。不再帶著受傷害的表情，她笑起來。那是我見過最漂亮的一張臉。她的臉蛋美麗，皮膚光滑，聲音好聽，而且人好又十分友善。但我的老天，她真的很大一隻，幾乎是三個女人的合體。湯姆看到我直盯著她，便說：「欸，我們走了啦。」

「再見。」愛麗絲說。她的聲音實在悅耳極了。

「再見。」我說。

「你們兩個小伙子要走哪條路？」廚師問。

「不跟你走同一條。」湯姆告訴他。

一則很短的故事
A Very Short Story

帕多瓦的某個炎熱傍晚，他們將他撐上屋頂，讓他能夠一起俯瞰整座城鎮。天空雨燕盤旋。沒過一會兒，天色轉暗，探照燈亮起。其他人下去時，順手帶走了酒瓶。他和露茲都聽見他們在陽臺上的動靜。露茲坐在床上。炎熱夜裡她依舊是平靜、清新的模樣。

露茲連續當值三個月的夜班。他們也開心有她工作。在他們為他施行手術時，是她協助他手術檯上的準備工作，他們還說起「這究竟是友是滌腸」①的笑話。麻醉時他緊抓住自己，深怕身處這癡傻又愛亂說話的狀態，會洩漏不該說出口的事。拄起拐杖行走後他開始自己測量體溫，露茲也就不再需要為此特地起床。這裡病人不多，他們都清楚這些事。他們也都喜愛露茲。當他走過大廳還會遐想起露茲在他床上的樣子。

他重返前線之前，倆人曾一起到大教堂祈禱。那裡微暗寂靜，有人正在禱告。他們想要結婚，卻來不及等到教堂結婚宣告，再者，他們也都沒有出生證明。他們雖然覺得已是夫妻，但仍舊想讓所有人都得知此事，然後順利完婚，如此才能確保一切不會變成一場空。

露茲寫給他許多信，但遲至休戰後他才收到。十五封信捆在一塊兒寄到前線。他按照時間順序排列，一口氣讀完。全是關於醫院的狀況，她對他的深情，以及離他獨活的難捱，與對他苦苦思念的每個深夜。

① friend or enema，enema 指浣腸，音近 enemy（敵人）。

休戰後他們彼此同意先讓他返家找個工作，以便結婚。露茲不願陪他返鄉，要他有個好工作後，再到紐約找她。誰都清楚他不喝酒，也沒打算和任何美國友人見面，一心只想找到工作好結婚。從帕多瓦往米蘭的火車上，他們爭執起她不願隨他回家的事。離別時刻，米蘭車站裡他們吻別，但爭執並未解決。離別場面演變如此，他嘔死了。

他在熱那亞搭船回美國。露茲則回去波代諾內開設醫院。那地方寂寞又多雨，城鎮裡駐紮一整團敢死隊。生活在這冬日泥濘多雨的城市，部隊少校向露茲求愛，在這之前，她對義大利人一無所知，接著終於寫了一封信到美國，表明他們的愛不過是男孩、女孩間的喜歡。她很抱歉，明白他可能無法理解，但有天或許會原諒她，然後感激她；誰能料到，她已打算在春天結婚呢。她永遠愛他，但如今她已領悟，這是小男孩小女孩的愛。她祝福他大展鴻猷，對他絕對信賴。她知道這樣最好。

那年春天，或之後任何時刻，少校都沒有娶她，露茲也未曾收到寄往芝加哥那封信的回音。沒過多久，在他搭計程車穿越林肯公園時，從一名百貨公司櫃姐身上感染了淋病。

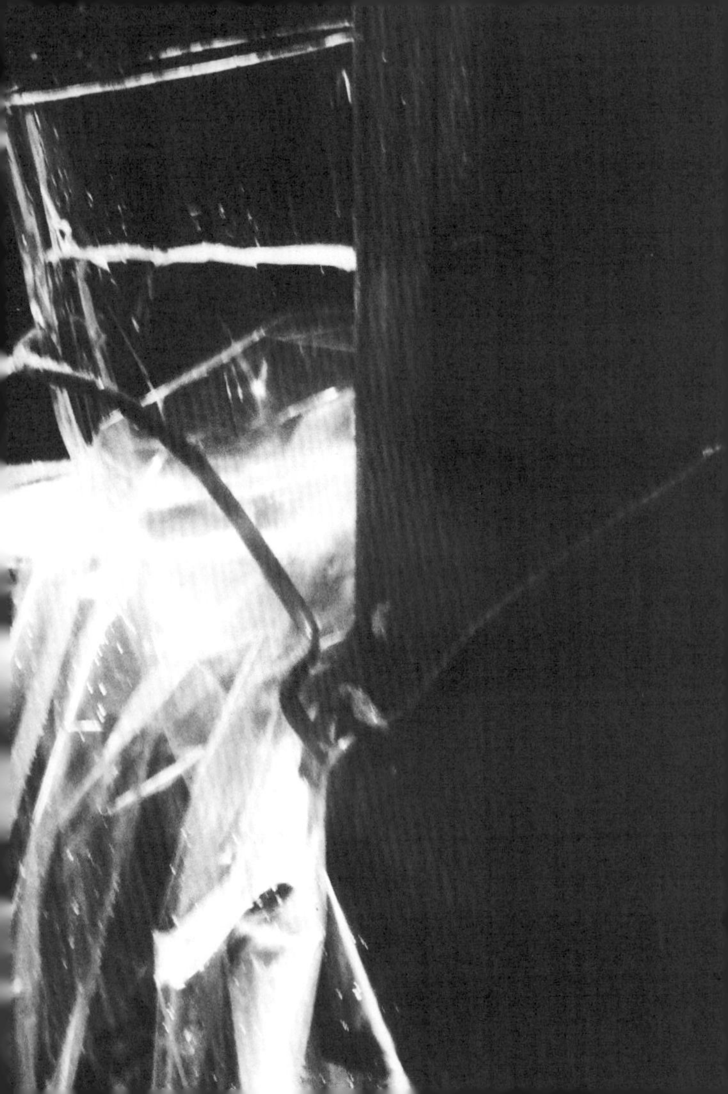

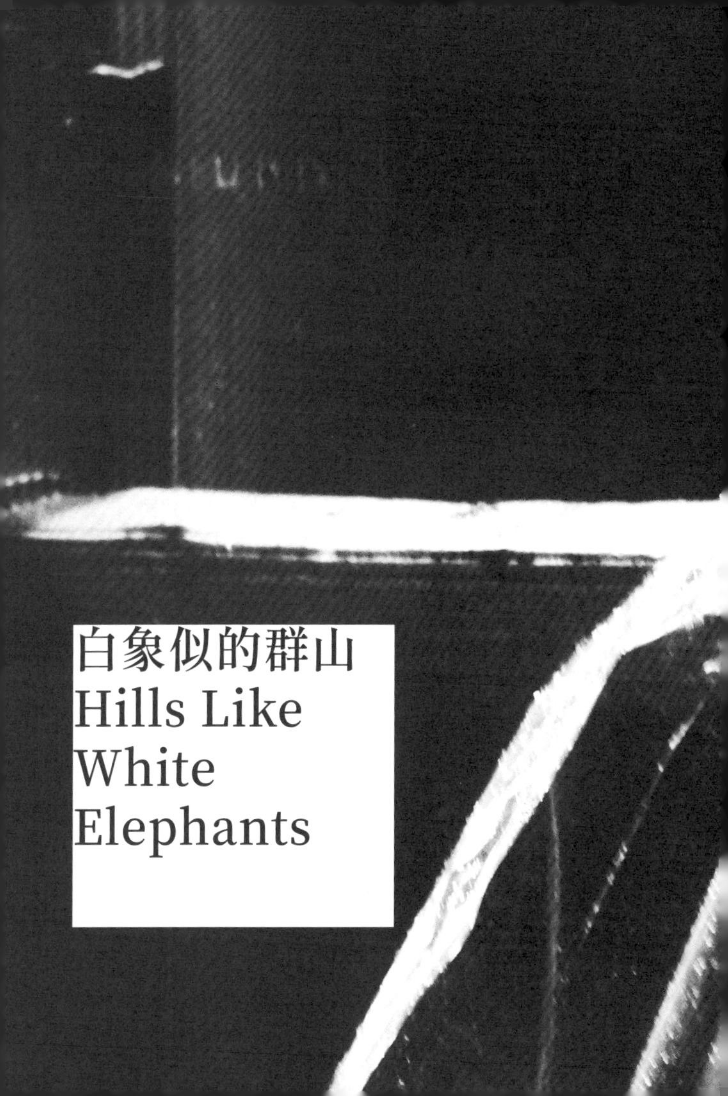

白象似的群山
Hills Like White Elephants

　　埃布羅河①河谷對面的群山綿長雪白。這一邊既沒有遮蔭處也沒有樹林，大太陽底下車站就立於兩軌鐵路間。那棟建築曬得熱燙的影子正投映上緊靠車站的一邊，酒吧的門前，掛著一面由竹子串珠製成，擋蒼蠅的門簾。那名美國人與隨行的女孩坐在戶外蔭涼處的桌子邊。天氣炎熱，自巴塞隆納駛出的快車四十分鐘內就要抵達。快車會在這個鐵道交會站停留兩分鐘，再前往馬德里。

　　「我們該喝些什麼？」女孩問道。她脫下帽子，放在桌上。

　　「太熱了。」男人說。

　　「喝啤酒吧？」

　　「Dos cervezas。」②男人對著門簾裡面喚。

　　「大杯的嗎？」一名女人從門內問道。

「對。兩杯大的。」

女人端來兩杯啤酒還有兩枚氈製杯墊。她把杯墊和啤酒放上桌，觀察這對男女。女孩望著遠方的山稜線。陽光使它們純白，這鄉村卻棕褐、乾癟。

「它們看起來像群白色大象。」她說。

「我從來沒看過大象。」男人喝起啤酒。

「對，你不可能看過大象。」

「誰說不可能。」男人說：「又不是妳說了就算。」

---

① 埃布羅河為西班牙境內最長的河流。

② 兩杯啤酒，西班牙語。

女孩盯著串珠門簾。「他們在上頭印了東西。」她說：「那什麼意思？」

「Anis del Toro③。一種酒。」

「我們可以試試看嗎？」

男人朝門簾喊了聲「喂」。女人走出酒吧。

「總共四雷阿爾④。」

「我們要兩杯 Anis del Toro。」

「摻水嗎？」

「妳要摻水嗎？」

「不知道。」女孩問：「摻水好喝嗎？」

「還可以。」

「所以要摻水嗎？」女人問道。

「好，摻水。」

「喝起來好像甘草漿。」女孩說完，放下酒杯。

「嚐起來都是這樣。」

「沒錯。」女孩說：「什麼東西嚐起來都像甘草漿。尤其是期待好久才來的那種，像是苦艾酒。」

「噢，閉嘴啦。」

「是你先開始的。」女孩說：「我覺得很有趣，玩得正開心。」

「嗯，那我們就一起開心起來吧。」

③ 公牛茴香酒，西班牙語。

④ 西班牙貨幣。

「好呀。我已經盡力了。我剛才說這些山看起來像是白色的大象，難道還不夠機靈嗎？」

「是很機靈。」

「我還決定嘗試新的酒。這就是我們該做的，不是嗎？看風景，喝新的酒？」

「可能是吧。」

女孩遙望群山。

「這片山真美。」她說：「看起來不像真的白色大象啦。我的意思是，從樹林看過去，那些山表面白白的。」

「還要再喝嗎？」

「好啊。」

溫暖的風吹過桌邊的串珠門簾。

「啤酒不錯，而且夠冰涼。」男人說道。

「是不賴。」女孩說。

「吉格，那不過是很簡單的手術。」男人說：「甚至稱不上手術。」

女孩盯著桌腳處的地面。

「我知道妳不會過分在意，吉格。這根本沒什麼。不過是把空氣打進去而已。」

女孩沉默無話。

「我會陪妳去，然後一直在妳身邊。他們只會把空氣打進去，接下來一切又將回復正常。」

「那之後我們該怎麼辦？」

「我們之後還是好好的。一如往常。」

「你怎麼能這樣想？」

「因為這是我們唯一的困擾。也是唯一一件讓我們無法幸福的事。」

女孩直盯著串珠門簾，伸出手，握住兩串珠子。

「你認為我們到時就沒事，也會很幸福。」

「我確定。妳別害怕，我知道很多人都做過這種手術。」

「我也知道。」女孩說：「所以他們之後都幸福快樂。」

「嗯。」男人說：「如果妳不願意就別去。如果妳不願意，我也不會強迫妳。我只知道那真的非常簡單。」

「你真覺得該做？」

「我認為這是最好的選擇。但我不想勉強妳去做不願意的事。」

「如果我做了，你會開心，一切一如往常，然後你會愛我？」

「我現在就愛妳。妳知道我愛妳啊。」

「我知道。但如果我做了，之後我再說什麼東西看起來像是白色大象，就都沒問題囉；這樣你也喜歡嗎？」

「我會喜歡。我現在就喜歡，只是沒辦法思考。妳知道我焦慮時就是這樣。」

「如果我做了，你就不再煩惱？」

「我不會煩惱那個，我知道那再簡單不過。」

「那我就做。因為我不在乎我自己。」

「這是什麼意思？」

「我不在乎我自己。」

「呃，我在乎妳。」

「哦，是吧。但我不在乎我自己。我做，這樣就沒問題了吧。」

「如果妳這樣想，我寧願妳別做。」

女孩起身朝車站盡頭走。對面，就在另一邊，種植穀物與樹木的田野順著埃布羅河的河岸延伸出去。遠方，越過那條河，有山。雲影飄移過穀田，透過樹木間的空隙，她看見了那條河。

「我們原本可以擁有這一切。」她說：「我們原本可以擁有這一切，然而，每天我們都讓事情變得更難實現。」

「妳說什麼？」

「我說我們原本可以擁有這一切的。」

「我們能擁有全世界啊。」

「不，我們沒辦法的。」

「我們可以去任何地方。」

「不，我們沒辦法。這已經不再屬於我們了。」

「是我們的。」

「不，才不是。一旦被奪走，就再也拿不回來。」

「但還沒有被奪走啊。」

「等著瞧吧。」

「回來蔭涼的地方吧。」他說：「妳不准再亂想。」

「我沒有亂想。」女孩說：「我就是知道。」

「我不要妳勉強自己。」

「也不要我做對自己不好的事情。」她說：「我知道。我們能不能再喝杯啤酒？」

「好吧。但妳得了解——」

「我夠了解了。」女孩說：「難道不能先安靜一下嗎？」

他們坐回桌邊，女孩遠望河谷較乾燥一側的群山，男人看著她，有時看著桌子。

「妳得了解——」他說：「我不會勉強妳。如果這對妳有重要意義，我願意承受。」

「對你來說不重要嗎？這段感情能走下去。」

「當然重要。但除了妳我不會再要其他人。我不要其他人。我知道這真的再簡單不過。」

「是呀，你知道這個再簡單不過了。」

「妳想這樣說話，沒有關係，但我真的確定。」

「你可以幫我一件事嗎？」

「什麼事我都願意。」

「可以拜託拜託拜託拜託拜託拜託拜託拜託你閉嘴嗎?」

他不再開口,注視靠在車站牆邊的行李袋。袋子上貼了許多標籤,是他們在各個旅館過夜後貼上去的。

「我不要妳去了。」他說:「我根本不在乎。」

「我會尖叫給你看。」她說。

女人端著兩杯啤酒,穿過門簾,然後把杯子放在兩張潮濕的杯墊上。

「火車五分鐘內就要到了。」她說。

「她說什麼?」女孩問。

「說火車五分鐘內就要到了。」

女孩朝女人燦爛一笑,聊表謝意。

「我最好把袋子提到車站另一邊去。」男人說。她對他笑。

「好吧。回來後，我們就把啤酒喝完。」

他拿起兩只沉甸甸的袋子，提著它們經過車站，走向另一段鐵軌。他往鐵軌遠處望，沒看見火車。回來時，他走進酒吧，其他等火車的乘客正在裡頭喝酒。他在吧檯邊喝下一杯 Anis，順便觀察周遭。他們都十分理性地等待火車進站。他穿過串珠門簾走出去。她正坐在桌邊，朝他微笑。

「有沒有舒服點？」他問道。

「我很好。」她說：「我沒有毛病。我很好。」

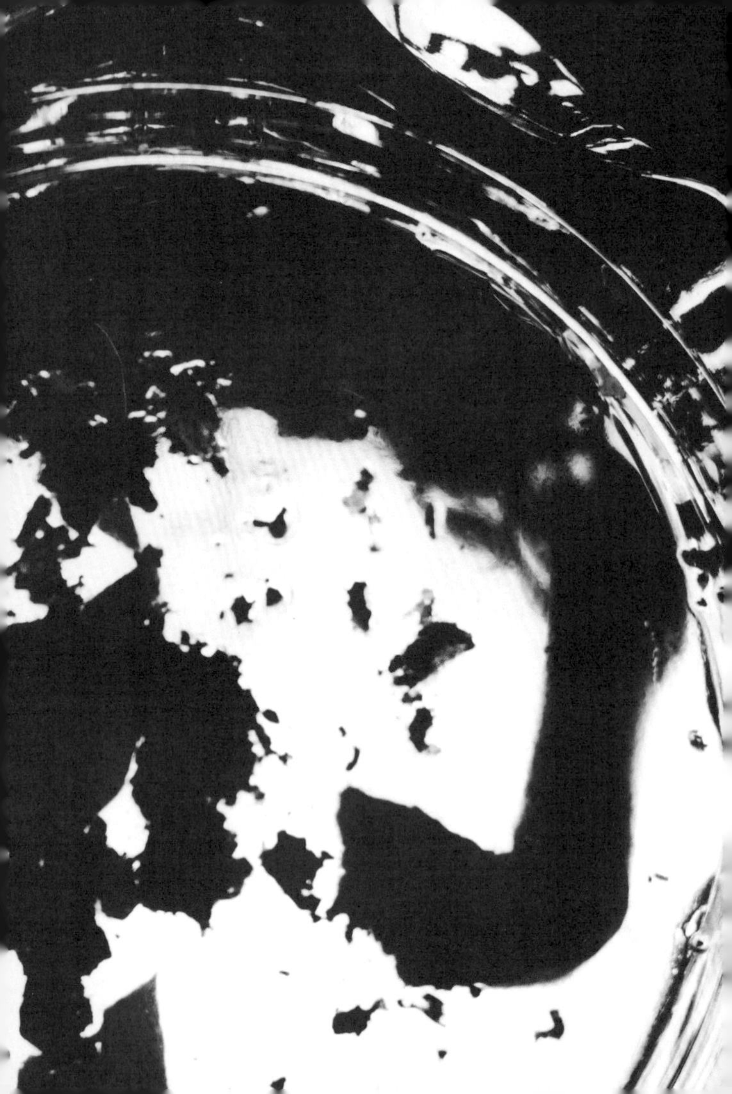

雨中的貓
Cat in the Rain

留宿旅館的美國人只有兩位。進出房門時在樓梯間遇到的人，他們一個也不認識。他們的房間位於二樓，面對海，也面對著樓下的公園和戰爭紀念碑。公園裡有高大的棕櫚樹，還有幾張綠色長椅。天晴時，畫家們總會帶著畫架過來。

藝術家們喜歡棕櫚樹的姿態，也喜歡旅館正對庭院、海洋，色彩明亮的這一面。義大利人願意大老遠過來，就為參觀這座戰爭紀念碑。青銅製成的紀念碑，在雨中閃耀光輝。外頭正在下雨，雨滴自棕櫚樹灑落，在礫石小徑上形成幾處積水。雨中的海以一長線的陣式，從遠方侵蝕上海灘，滑落，然後又在雨中以一長線的陣式再起。戰爭紀念碑旁的廣場，已經沒有汽車停放了。廣場對面咖啡店的服務生站在門口，凝望空無一人的廣場。

美國籍的妻子站在窗邊向外望。就在他們窗前正下方，有一隻貓蜷曲身子，躲在滴著雨水的綠色桌子下。貓努力縮緊身體，不想滴到雨水。

「我要下樓去揀那隻貓咪。」美國太太說。

「讓我來吧。」床上的丈夫要幫忙。

「不用了，我自己來。可憐的小貓咪還躲在桌子底下，害怕被淋濕。」

丈夫繼續躺在床尾的兩枚枕頭上看書。

「別淋濕了。」丈夫說。

太太下樓經過辦公室的時候，旅館主人起身向她鞠躬。他的書桌在辦公室最底邊。他是個高個子老人。

「Il piove。」①太太說。她挺喜歡旅館主人。

「Si, si, Signora, brutto tempo。②天氣很糟糕。」

他遠遠站在陰暗辦公室的書桌後方。太太喜歡他。她喜歡他聽到抱怨投訴時，認真得要命的模樣。她喜歡他的儼然姿態。她喜歡他總樂意效勞。她喜歡他對於自己是旅館主人這身分的想法。她喜歡他那張蒼老、嚴肅的臉，以及一雙大手。

喜歡他的她，打開門往外探。雨下得更大了。一名披著橡膠披肩的男人穿過空蕩蕩的廣場，走到咖啡廳。那隻貓應該在右邊。或許她可以沿著屋簷走過去。她才站到門口，一支雨傘就自她身後撐開。是負責照料他們房間的女侍者。

「妳別淋濕了。」她微笑，說著義大利文。理所當然，是旅館主人遣她過來的。

在女侍撐傘幫忙下，她踩過礫石小徑，走到他們房間正下方。桌子就在那兒，上頭的綠色在雨水刷洗下更顯明亮，但貓咪不見了。她驀地感到好失望。女侍抬頭看她。

「Ha perduto qualque cosa, Signora？」③

「本來有隻貓。」美國女孩說。

「貓？」

「Si, il gatto。」④

---

① 「下雨了。」義大利語。

② 「是呀，是，女士，天候很惡劣。」義大利文語。

③ 「少了什麼東西嗎？女士。」義大利語。

④ 「對，貓。」義大利語。

「一隻貓？雨中的貓？」女侍笑了。

「沒錯，在桌子底下。」然後又說：「噢，我想要牠，我好想要一隻貓咪。」

當她說起英文，女侍繃著臉。

「來吧，Signora。我們進去吧。妳會淋濕的。」她說。

「也是。」美國女孩說。

她們沿著礫石小徑回去，走進門。女侍留在外頭收傘。美國女孩經過辦公室，旅館主人自座位對她鞠躬。女孩心裡興起一股既微小又緊束的感覺。旅館主人讓她顯得十分渺小，同時又覺得自己非常重要。那麼一瞬間，她幾乎以為自己至高無上。她走上樓。打開房門。喬治還在床上讀書。

「抓到貓了嗎？」他問道，同時把書放下。

「跑掉了。」

「不知道會跑去哪兒。」他說，一邊暫停閱讀，讓眼睛休息。

她坐上床。

「我好想要那隻貓。我也不曉得為什麼那麼想要。我好想要那隻可憐的貓咪，她在外頭淋雨可不好玩。」她說。

喬治又開始讀書。

她往前走，坐在梳妝檯大鏡子前，透過手鏡觀看自己。她端詳自己的輪廓，先看一邊，再看另一邊。然後審視自己的後腦杓還有頸部。

「你不覺得，要是我把頭髮留長，看起來會很棒嗎？」她說，再次看了看自己的輪廓。

喬治抬頭看，看著她的脖子後方，頭髮剪得很短，像個小男生。

「這樣子很不錯，我喜歡。」他說。

「我覺得好膩。我受夠了，我不想看起來像個小男生。」

喬治調整自己在床上的姿勢。自她開口後，他一直凝視著她。

「妳看起來真是美呆了。」他說。

她把手鏡放在化妝檯，走到窗邊往外看。天色漸暗。

「我要把頭髮往後梳，在後腦杓上紮個實在的結。」她說：「我還要有一隻貓坐在我的大腿上，然後我摸她的時候，她就會滿足地嗚嗚叫。」

「嗯哼？」喬治從床上應聲。

「而且我還要用自己的餐具吃飯，還要點蠟燭。最好是在春天，我要在鏡子前面梳理頭髮，有一隻貓咪，還要新衣服。」

「噢，閉上嘴巴，找本書來讀吧。」喬治說，他繼續唸書。

他的妻子正往窗外望。外頭天色已黑，棕櫚樹間依舊有雨水落下。

「反正，我要一隻貓。」她說：「我要一隻貓。我現在就要一隻貓。如果我現在沒辦法擁有長髮，也沒有其他樂子，那我至少要有隻貓。」

喬治沒聽她說話，他正在閱讀。他的妻子望著窗外廣場上有光的地方。

有人敲門。

「Avanti。」⑤喬治說。他的視線抬離書本。

女侍站在門口。一隻玳瑁貓被她緊緊抱在懷裡，扭動著。

「不好意思。」她說：「主人要我把這隻貓帶來給Signora。」

⑤「進來。」義大利語。

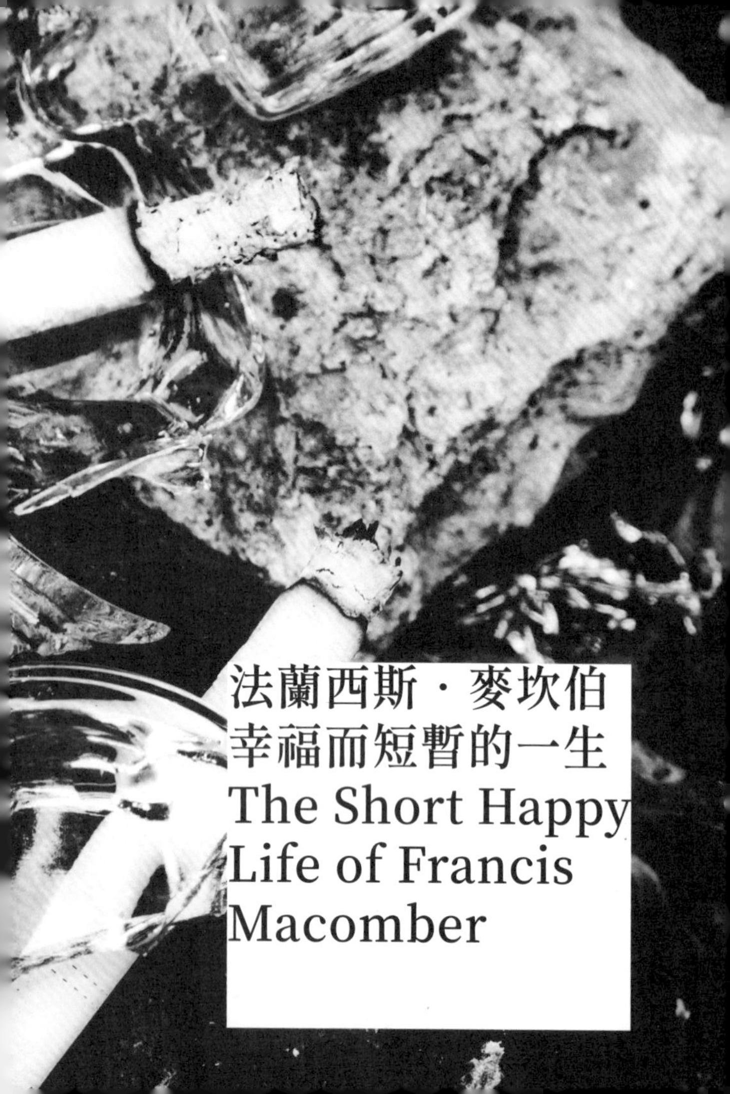

法蘭西斯・麥坎伯幸福而短暫的一生 The Short Happy Life of Francis Macomber

午餐時刻，他們全坐在雙層綠色布幕搭起的用餐帳篷裡，假裝什麼事都沒發生過。

「要不要來點萊姆汁還是檸檬水？」麥坎伯問。

「我要一杯琴蕾①。」勞勃．威爾遜答道。

「我也來杯琴蕾，我需要喝點什麼。」麥坎伯的妻子說。

「那就這樣吧。」麥坎伯附和。「叫他上三杯琴蕾。」

餐廚小弟早已開伙準備。風吹過為帳篷蔽陽的樹林，拂上他自帆布製保冷袋取出的，滾著退冰水珠的酒瓶。

「該給他們多少錢？」麥坎伯問。

「一英鎊就夠了吧。」威爾遜告訴他：「別寵壞他們。」

「領頭會把錢分下去吧？」

「當然。」

半個小時前，人在營地邊的法蘭西斯．麥坎伯，被廚師、小弟、剝皮師父，還有腳夫們扛在他們的肩膀和胳膊上，彷彿打了勝仗似的把他抬回他自己的帳篷。扛槍者們倒沒有參加這場遊行。這些當地男子在帳篷口放下他之後，他還跟他們一一握手、接受他們的道賀，然後走進帳篷，坐在床上等待他的妻子。她進門之後什麼也沒表示，他便立刻出了帳篷，就著外頭的攜帶式臉盆洗臉洗手，接著走到用餐帳篷，坐上蔭涼而舒適的帆布椅，吹著微風。

「你獵到獅子了。」勞勃．威爾遜對他說：「還是一頭他媽的猛獅。」

① gimlet，調酒名稱，由琴酒搭配萊姆汁調成。

麥坎伯太太瞥了威爾遜一眼。她長相十分標緻，身材也維持得宜。她的美貌與社會地位讓她在五年前代言了她從未體驗過的美容產品，不過是提供幾張照片，就為她賺進五千美元。迄今，她與法蘭西斯・麥坎伯結婚已經十一年。

「挺猛的獅子，對吧？」麥坎伯說。他的妻子這才正眼瞧他。她盯著眼前這兩個男人，彷彿她不曾見過他們。

其中一個是白種獵人，威爾遜；她發現自己從未仔細端詳過他。他不高不矮，一頭棕色黃髮，蓄著短髭，一張臉紅通通的，還有一雙極為清冷的藍眼，他微笑時，眼眶周圍也會愉悅地泛起幾條淺白皺紋。他對她笑了笑，她則立刻撇過臉去，視線順著他肩膀弧線而下，看見他那件寬鬆上衣，而原本該是左胸口袋的地方，如今則掛上四只繞成環狀的大型彈匣，接著她看著他的棕色大手、老舊的寬鬆長褲，以及那雙骯髒不堪的靴子，最後再回到他那張紅通通的臉上。她還發現被曬紅的臉上有道白線，白線圍出的白色肌膚，就是他史特森牛仔帽的遮蔽範圍。那頂帽子就吊在帳篷支柱的掛鉤上。

「那麼，敬那頭獅子。」勞勃．威爾遜說。他再次對她微笑，而她沒有笑，只是好奇地看著自己的丈夫。

法蘭西斯．麥坎伯個頭很高，如果你不介意他那一副長長的骨架，他身材應該稱得上非常健美。他皮膚黝黑，頭髮理得跟划船選手一樣短，唇形細薄，是公認的俊男。他和威爾遜穿著同款的獵裝，只是他身上這套比較新。三十五歲的男人仍努力維持體格，除了擅長場地球類運動②，還刷新了幾回釣魚大賽的紀錄，並在剛才，當著眾人的面，暴露出自己最懦弱的一面。

「敬那頭獅子。」他說：「你剛才挺身而出，我一輩子都會感謝你。」

他的妻子瑪格麗特把視線從他身上撇開，望著威爾遜。

「別再討論那頭獅子啦。」她說。

威爾遜斂起笑臉，迅速看了她一眼，這回換她對著他笑。

「今天怪事特別多。」她說：「你不是說，日正當中就算待在篷下，也得把帽子好好戴上嗎？記得吧？」

「要戴上也可以。」威爾遜說。

「你知道你的臉很紅吧？威爾遜先生。」她提醒他，再次微笑。

「是酒的關係。」威爾遜說。

「不是吧。」她說：「法蘭西斯也喝了不少，但他的臉就是不會紅。」

「今天很紅啦。」麥坎伯試著說笑。

「不。」瑪格麗特說：「今天臉紅的是我。但威爾遜先生的臉總是紅通通的。」

「那就是天生的了。」威爾遜說：「我看妳老拿我的紅臉當話題，妳就這麼不想放過我？」

「好戲才剛上場。」

② 指有專用球場的球類運動，如籃球、排球等。

「我們別說這個了。」威爾遜說。
「那就很難聊下去了。」瑪格麗特說。
「別傻了，瑪歌。」她的丈夫說。
「一點也不難。」威爾遜說：「不是獵了頭猛獅嘛。」
瑪歌看著他倆，而他倆也都察覺到她就快哭了。威爾遜不免擔心，他早就知道事情會演變成這種局面。麥坎伯則已過了擔心的階段。
「我真希望這事兒從沒發生過。噢，真希望從來沒發生過。」她說著，然後起身回自己的帳篷。她沒有哭出聲，但他們看見她那件玫瑰色遮陽衫下的肩膀正劇烈起伏著。
「女人老是心煩。」威爾遜對高個兒說。「根本沒什麼好煩的，卻有事沒事就發神經。」

「不。」麥坎伯說：「我想我這輩子都忘不了這件事。」

「胡說。看看那頭猛獸。」威爾遜說。「別放在心上。根本沒什麼。」

「我們盡量。」麥坎伯說：「但我一定不會忘記你為我做過的事。」

「根本沒什麼。」威爾遜說：「少廢話。」

營地駐紮在阿拉伯膠樹的翠蓋之下，他們坐在蔭涼處，身後的峭壁綴著巨礫，一大片草地連綿至遠處叢林前方滿佈卵石的河流。男孩們準備上菜，他們則喝著沁涼的萊姆飲料，閃躲彼此的視線。威爾遜看得出來，這群小鬼全都知道了；當他看到麥坎伯的貼身小弟邊擺盤邊以好奇的眼神盯著他的主人，便飆著斯瓦希里語③罵他。那男孩一臉茫然，別過頭去。

「你對他說了什麼？」麥坎伯問。

「沒什麼。叫他別一副死人樣，不然就狠狠抽他個十五下。」

「什麼？抽鞭子嗎？」

「這可是違法的。」威爾遜說：「照理是該罰他們錢。」

「你還會抽他們鞭子？」

「喔，會啊。要是他們有話想說，大可和我大吵一架。但他們不會。他們寧願挨鞭子也不想被罰錢。」

「真奇怪！」麥坎伯說。

「一點也不奇怪。」威爾遜說：「你會怎麼做？捱過一頓鞭子，還是工錢泡湯？」

這話一出口，他便覺得不妥，於是趕在麥坎伯回答之前說道：「我們每天都在挨揍，你知道的，只是形式不太一樣。」

這話也好不到哪裡去。「老天！」他想：「我難不成是個外交官？」

「沒錯，我們都在挨揍。」麥坎伯說，仍然沒看他。「獅子的事，我感到非常愧疚，不需要把事情搞大吧，對不？我是說，不會有人知道這事吧，嗯？」

「你是想問，我到馬賽加俱樂部時，會不會把事情傳出去？」現在，威爾遜冷冷地看著他。他沒料到這個狀況。所以這傢伙不僅是個該死的混帳，還是個該死的懦夫啊，他想。今

③ Swahili，非洲語之一。

天之前，我都還挺喜歡這傢伙，但誰搞得懂美國人到底在想什麼？

「不會。」威爾遜說：「我們這種專業的獵人從來不討論客戶。你大可放心。不過叫我們閉嘴這種要求，實在不太禮貌。」

他當下決定乾脆撕破臉吧。這樣一來，他就可以一個人吃飯，一個人邊看書邊吃飯。就讓他們自己吃自己的。打獵時，他還是會看顧他們，公事公辦——法國人是怎麼說的？高貴的體貼——比起收拾這種垃圾情緒，那樣還輕鬆得多。他要羞辱他，和他徹底撕破臉，接著他就可以邊看書邊吃飯，並且「繼續喝他們的威士忌」。這是形容狩獵活動不歡而散的專用詞。要是你遇到另外一名白種獵人，開口問他：「狀況如何啊？」

對方回答：「哦，我還在喝他們的威士忌。」你就知道差不多玩完了。

「對不起。」麥坎伯說，然後用那張到中年之前都一副乳臭未乾的美國臉看著他，威爾遜這才注意到他伏貼的短髮、眼神飄忽的漂亮眼睛、高挺的鼻子、薄唇和英俊的下巴。「對不起，我不知道這一點。有很多事情我都不懂。」

所以是要怎樣，威爾遜心想。他本來都準備好要一刀兩斷的，但這個混球在侮辱他之後，竟馬上開口道歉。他又再度開炮：「不用擔心我會到處宣傳。我還要賺錢餬口呢，你知道嗎，在非洲沒有一個女人會放過她的獅子，也沒有任何白種男人會臨陣脫逃。」

「我剛剛就像隻兔子逃跑了。」麥坎伯說。

當一個男人講出這種話，你他媽到底該拿他怎麼辦？威爾遜思索著。

威爾遜以他那雙如機關槍手冷靜的藍眼看著麥坎伯，麥坎伯則對他報以微笑。要是你沒發現麥坎伯眼神裡的受傷情緒，你會覺得他笑得可真開心。

「或許我能靠野牛扳回一城。」他說：「接下來要獵野牛，對吧？」

「要獵野牛的話，可以早上出發。」威爾遜告訴他。或許是他錯了。他也只能這樣想。誰摸得透美國人的鬼心思呢？他又願意幫麥坎伯了。如果你可以把今早的事忘掉。但，當然吶，你忘不了。早上的事真是糟糕透頂，已經無法挽回了。

「夫人來了。」他說。她從帳篷裡走出來，精神奕奕，非常可愛。那張鵝蛋臉完美到你會以為她應該是個笨蛋。可她一點也不笨，威爾遜想，不，一點也不笨。

「美麗的紅臉威爾遜先生，你好嗎？我的寶貝法蘭西斯，好多了嗎？」

「哦，好多了。」麥坎伯說。

「我把整件事都放下了。」她說著，就桌而坐。「法蘭西斯擅不擅長獵獅子，這又有什麼要緊呢？他又不吃這行飯。那是威爾遜先生的職業嘛。真是厲害啊，殺光任何東西的威爾遜先生。你什麼都殺得了，對吧？」

「是的，什麼都殺得了。」威爾遜說：「什麼都殺。」她們是這世上最冷酷的物種，他想，最冷酷，最殘酷，最具掠奪性，同時也是最具吸引力的物種；她們強硬的時候，她們的男人就變得軟趴趴，甚至緊張得魂不附體。還是說，她們專挑容易控制的男人？她們結婚時才幾歲，不可能懂這麼多，他想。他很慶幸自己在此之前已經將美國女人這門學問研究完備，畢竟眼前這名女人可是充滿了吸引力。

「我們早上要去獵野牛。」他告訴她。

「我也要去。」她說。

「妳不能去。」

「噢，我要去，就是要去。法蘭西斯，我不能去嗎？」

「留在營地不好嗎？」

「死都不要。」她說：「說不定還會發生今天的事，我可不想錯過。」

她離開後，威爾遜想，這女人回帳篷去哭的時候，那模樣多麼動人啊。她似乎全然體諒、理解，因為明白的事情真相，而理解他或她自己所受的傷害。前後不過隔了二十分鐘，她一回來，竟已披上美國女人的殘酷性情。這種女人最要不得了。真的，真的糟透了。

「我們明天會為妳準備其他娛樂的。」法蘭西斯·麥坎伯說。

「妳不能跟。」威爾遜說。

「這誤會可大了。」她告訴他：「我超想再看你表演一次。今天早上你那樣的表現就是最有趣的娛樂，假如把什麼東西的頭一槍轟爛，算是種有趣的表演。」

「午餐好了。」威爾遜說：「妳興致挺好，對吧？」

「當然啦？就是怕無聊，我才過來的。」

「嗯，這裡是滿有趣的。」威爾遜說。他能看見河裡的巨礫、遠處叢樹相伴的河岸，然後他想起今天早上的事。

「對啊。」她說：「目前為止都很有意思。還有明天。你不曉得我有多期待明天。」

「這道菜是大羚羊肉。」威爾遜說。

「就是那個看起來像牛，還跟兔子一樣跳來跳去的大傢伙，對吧？」

「你要這樣描述也沒錯。」威爾遜說。

「這肉很鮮美。」麥坎伯說。

「這是你獵到的嗎？法蘭西斯。」她問。

「是啊。」

「牠們不危險吧，對不對？」

「除非牠們跳到妳身上。」威爾遜告訴她。

「那我真該謝天謝地。」

「能不能稍微收斂一下妳的賤嘴？瑪歌。」麥坎伯一邊說，一邊切著大羚羊排，並將馬鈴薯泥、肉汁和胡蘿蔔疊上插進羚羊肉塊的叉子。

「應該可以。」她說：「畢竟你都這麼好聲好氣地要求了。」

「今晚我們就為那頭獅子開瓶香檳吧。」威爾遜說：「中午太熱了。」

「噢，獅子。」瑪歌說：「我都忘了獅子了。」

所以，勞勃．威爾遜心想，她是在耍他吧，是這樣沒錯吧？還是你覺得她故意要演齣好戲？女人一旦發現自己老公是該死的懦夫時，又應該如何自處？她真是夠殘忍的，不過她們都一樣狠。她們扮演統治者的角色，而要統治他人，當然囉，有時候就是得殘忍點。還是這句老話：她們該死的恐怖主義我已經見多了。

「再來點羚羊肉吧。」他客氣地對她說。

向晚時分，威爾遜、麥坎伯和當地司機，以及兩名扛槍手乘車出門，麥坎伯太太則留在營地。熱得不想出門，她說，況且隔天一大早還得跟他們一起出發。當車駛離營地，威爾遜看見身穿淡玫瑰色卡其裝，將深色頭髮從額頭往後梳理，在頸背處繫了一枚結的她站在大樹下，那模樣與其說是美麗，還不如用美好來形容。她的氣色很好，他想，彷彿她正身在英國一樣。她朝他們揮手道別，看著車子越駛越遠，穿過了高草繁茂的沼澤地，繞彎越過樹林，進入種滿果樹的小丘。

他們在果樹林發現一群黑斑羚，下了車後追起一隻老公羊，公羊的犄角又長又彎，牠與麥坎伯相隔兩百碼，仍被他一槍斃命，還使那群黑斑羚頓時四處亂竄，牠們跨過彼此的背，張腿一躍的動作輕盈得不可思議，那是人們偶爾在夢中才能辨到的漂浮。

「這槍射得好。」威爾遜說。「標靶很小啊。」

「這一頭值得獵嗎？」

「非常值得。」威爾遜告訴他：「以後都照這樣開槍，絕對沒問題。」

「你覺得我們明天找得到野牛嗎？」

「機率很高。野牛群早上會出來覓食，運氣好的話，我們就能在曠野中獵到。」

「我想要一次解決那頭獅子帶來的陰影。」麥坎伯說：「讓自己老婆看到那種情況，真叫人不愉快。」

管你老婆在不在場，幹了就幹了還老把這事掛在嘴邊，才叫人更不愉快吧，威爾遜心裡想；但他這樣回答：「換作是我，就不會再想這件事了。生平第一次碰到獅子，誰不慌？反正都過去了。」

夜裡，法蘭西斯・麥坎伯用餐後，就著爐火喝了威士忌和蘇打水，還不到就寢時間，他人已經躺上罩著蚊帳的帆布床、傾聽夜的聲音，他知道事情尚未結束。事情還未結束，卻也不是正要開始，而是停留在事件發生時的狀態，其中某些片段更在他心中留下不可磨滅的痕跡，使他羞愧萬分。但比起羞愧，他更感受到一股冰冷、空洞的恐懼在心裡蔓延。恐懼仍在，就像個黏潤溼滑的黑洞，占據、侵蝕了他內心儲存自信的角落，讓他噁心想吐。直至此刻，恐懼仍在。

就在昨夜，他從睡夢中醒來，聽見河流上游處傳來獅子的怒吼聲後，恐懼自此成形。那吼聲十分低沉，尾聲還有種類似咳嗽的呼嚕聲，彷彿他就在帳篷外，夜半醒來卻聽到這樣聲音的法蘭西斯．麥坎伯，不由得害怕起來。他聽見妻子輕柔的呼吸，她已經熟睡。此刻，無人看出他心中的畏懼，也沒有人陪他一起害怕，獨自躺著的他，也沒聽過索馬利人的諺語：「一名勇者會被獅子嚇上三回：當他第一次發現對方的腳印、第一次聽到獅吼，以及第一次與獅子正面較量。」然後在旭日初升之前，他們就著小燈在用餐帳篷吃早餐時，那頭獅子又吼了，這一回，法蘭西斯認為這獅子已經來到營地邊。

「聽起來應該是頭老傢伙。」勞勃．威爾遜說著，並從他的鯡魚和咖啡中抬起頭來。「你們聽他咳嗽的聲音。」

「他很近嗎？」

「大概在河上游一哩處吧。」

「我們會見到他嗎？」

「可以去找找。」

「他的吼聲能傳那麼遠？聽起來好像他就在營地裡。」

「能啊，遠得要命咧。」勞勃．威爾遜說：「不過能傳這麼遠，也倒是奇怪，希望是頭好獵的小貓。小鬼們說這附近有一頭很大的。」

「如果有機會開槍，我該瞄準哪裡？」麥坎伯問：「才能阻止他？」

「打他的肩膀。」威爾遜說：「如果抓得準，就射脖子。射進骨頭，把他弄倒。」

「希望我能射準。」麥坎伯說。

「你射得很準。」威爾遜告訴他：「慢慢來，先瞄準再說。第一槍就命中才有意義。」

「距離要抓多少？」

「不一定，要看獅子在哪。除非他進入你有把握的射程範圍，否則千萬別開槍。」

「少於一百碼？」麥坎伯問。

威爾遜瞥了他一眼。

「差不多一百碼。但還是得在近一點的地方把他擊倒。別想在超過百碼的位置賭一發。一百碼是理想射程，想朝他哪邊打都瞄得準。夫人來了。」

「早安。」她說：「我們要去追獅子了嗎？」

「就等妳把早餐吃完。」威爾遜說：「現在感覺如何？」

「棒極了！」她說：「我好興奮。」

「我看看他們準備好了沒。」威爾遜離開。他前腳一踏，獅子又吼了。

「吵死人的傢伙。」威爾遜說：「我們會教你閉嘴。」

「怎麼啦，法蘭西斯？」他的妻子問他。

「沒什麼。」麥坎伯說。

「有就有。」她說：「你在煩什麼？」

「沒什麼。」他說。

「告訴我吧。」她看著他。「你哪邊不舒服嗎？」

「是那該死的吼聲。」他說：「一整個晚上吼個不停，妳知道。」

「你怎麼不叫醒我？」她說：「我也想聽聽看。」

「我一定要幹掉那該死的東西。」麥坎伯說話的語氣聽來悲慘。

「嗯，這不就是你到這來的原因嗎？」

「是啊，但我很緊張。一聽見那東西亂吼，我就神經緊繃。」

「既然如此，就照威爾遜說的，除掉他，讓他別想再吼。」

「好啊，親愛的。」法蘭西斯．麥坎伯說：「聽起來挺容易，對吧？」

「你該不會怕了吧？」

「當然沒有。我只是聽他吼了一整晚，有點神經緊張。」

「你一定會乾淨俐落地殺死他。」她說：「我知道你行的。我超想親眼目睹這場面！」

「把早餐吃完，我們就出發吧。」

「天還沒亮。」她說：「這種時間真是不上不下。」

就在此刻，那頭獅子從胸腔深處發出低沉呻吟，呻吟又瞬而轉為喉音，音波振動增幅，彷彿就要搖撼天際，最後這吼叫化為一聲嘆息，以及發自胸腔深處的低沉呼嚕。

「聽起來好像就在我們身邊呢。」麥坎伯的妻子說。

「我的老天。」麥坎伯說：「我恨透那該死的聲音。」

「真是讓人難忘。」

「難忘啊。可怕得令人難忘。」

勞勃．威爾遜來了，還扛著他那又短又醜，口徑大得驚人的點505吉布斯彈匣，露齒而笑。

「來吧！」他說：「幫你搬槍的人扛了你的春田步槍，連那把大槍也帶了。東西都上車了。你有實心彈嗎？」

「有。」

「我也好了。」麥坎伯夫人說。

「一定要讓他閉嘴。」威爾遜說：「你坐前座，夫人可以和我一起坐後座。」

爬上車後，一行人便在破曉的灰色光線下，駛過樹叢來到河的上游。麥坎伯打開來福槍後膛，看到裡頭已裝有金屬彈殼的子彈，接著再上保險栓。他看見自己的手在發抖，他摸摸口袋，確認裡頭有更多子彈，然後將手指移到上衣正面那圈子彈上頭。他轉頭望向坐在這輛無門、車身有如方盒的車子後座，和他妻子並肩坐著的威爾遜，這兩個人興奮地咧著嘴笑，然後威爾遜傾身對他輕聲說道：

「你看鳥低飛了。這表示那個小老頭已經遠離他的獵物。」

麥坎伯看見遠方小溪的岸邊，禿鷹正在樹叢上方盤旋，然後向下俯衝。

「他可能會來這邊喝水。」威爾遜低聲說：「在他倒頭大睡之前，絕對要警戒。」

溪水沖刷著佈滿礫岩的河床，他們就沿著溪水的高處緩緩前進，然後車子開進高聳的樹叢，在林間兜來轉去。麥坎伯凝視對岸景色，此時，威爾遜捉住他的手臂。車子停下來了。

「他在這邊。」威爾遜低聲告訴麥坎伯。「右前方。下車，抓他去吧，這是頭好獅子。」

麥坎伯終於看到獅子。他側身站著，抬起碩大的頭轉身面對他們。吹拂著他們的清晨微風，也撫上他深色的鬃毛。這龐然巨物站在岸邊高處，灰白的天光映照出他的輪廓，他的肩膀寬實，軀幹龐大、線條優美。

「他離我們多遠？」麥坎伯問道，並舉起手上的來福槍。

「大概七十五碼。下車去解決他。」

「為什麼不在這裡開槍就好？」

「沒有人會在車上開槍。」威爾遜湊近他的耳邊說。

「快下車，他不會整天待在那兒。」

麥坎伯從前座旁的弧形凹口下去，踩上臺階踏到地面。獅子依然威風凜凜地站著，沉穩地望著眼前巨大有如超級大犀牛的剪影。風裡沒有摻上人的氣味，他望著剪影勾勒出來的東西，輕輕搖晃自己碩大的頭顱。他盯著那東西瞧，毫無懼意，只是在想，是否該走到岸邊——在和那傢伙面對面的狀況下——喝水，所以遲遲未邁開腳步，他看見一個人影從那傢伙的剪影分裂出來，便隨即將他的大頭往旁邊一轉，大搖大擺朝著樹林的遮蔽處走，就在那一瞬間，他聽見有什麼東西碎裂了，同時發現一顆重220喱的點30-06實心彈咬破他的側腹，那股灼熱痛楚，帶著令他作嘔的噁心感從胃部一湧而上，就要撕裂他的內裡。他拖著中傷的肚腹踏出沉重的步伐，笨重的大腳歪歪斜斜地穿過樹林，來到滿是高草的遮蔽處——砰。那爆裂聲與他錯身而過，劃開他身旁的空氣。又響了一聲，然後他的肋骨下方挨了一記重擊，忽然一陣痛楚襲來，帶沫的燙熱血液在口腔裡漫開，他往前方的高草狂奔——那是理想的匿身之所，只要蜷伏在裡頭，他們就不得不帶著那會發出爆裂聲的東西前來，等到距離夠近，他便要一躍而出，逮住握著那東西的死傢伙。

麥坎伯下車時，並不曉得那頭獅子的想法。他只知道自己雙手顫抖，當他離車子越來越遠，兩條腿已幾乎不得動彈。他的大腿僵硬，但他能感覺肌肉的顫動。他舉起來福槍、瞄準獅子頭部與肩膀的接合處，扣下扳機。一點動靜也沒有——他緊扣扳機，直到感覺自己的手指快要斷了，才發現還沒拉開保險栓，他於是放低來福槍，要解開保險栓，此時，原本無法動彈的他不經意往前踏了一步，那頭獅子一見他的剪影脫出車影，遂轉頭邁步奔跑，麥坎伯開槍了，聽到一記悶響，表示子彈已安然命中，但獅子並未停下腳步。麥坎伯又開了一槍，在場每個人都看見那發子彈在快步的獅子後方掀起一陣塵埃。再來一槍，這回他記得壓低瞄準點，接著大家都聽到中彈的聲音，而獅子開始奔跑，不等他推回槍栓，便一頭鑽進高草。

麥坎伯佇立原地，胃裡一陣噁心，他的雙手依然緊握他那把春田步槍，依然顫抖不已，他的妻子和勞勃・威爾遜則站在他身邊。那兩個幫忙扛槍的人也在，他們正用瓦坎巴語交談著④。

「我射中他了。」麥坎伯說：「射中他兩次。」

「你先射中他腹部，然後又射到前面什麼地方。」威爾遜說。他提不起勁，扛槍的人面色凝重，不發一語。

「你本來可以解決他的。」威爾遜繼續說：「我們得在這裡等一會兒，然後再進去找他。」

「什麼意思？」

「讓他變得更虛弱一點，我們再去追他。」

「噢。」麥坎伯說。

「他可猛得咧。」威爾遜爽朗地說：「只是他鑽進了很麻煩的地方。」

「怎麼說？」

「除非你離他很近，否則你根本看不見他。」

「噢。」麥坎伯說。

④ Wakamba，非洲語的一種。

「來吧。」威爾遜說：「夫人就留在車上吧。我們沿著血跡進去找。」

「瑪歌，妳待在這。」麥坎伯對妻子說。他覺得口乾舌燥、說話困難。

「為什麼？」她問。

「威爾遜交代的。」

「我們要進去勘查。」威爾遜說：「妳留在這裡。在這邊反而可以看得更清楚。」

「好吧。」

威爾遜操上斯瓦希里語跟司機說話。他點頭說：「是，Bwana⑤。」

接著他們走下岸邊的陡坡，橫渡溪流，爬過那些巨礫，登上對岸，沿途抓著突起的樹根往前走呀走，直到他們發現麥坎伯開第一槍時，那頭獅子走動的地方，才停下腳步。扛槍者用草莖指著草上的深色血跡，那血跡一路延伸到岸邊的樹林裡。

「我們該怎麼辦？」麥坎伯問。

「也不能怎麼辦。」威爾遜說：「車子開不上去，岸邊的路太陡了。等他不大能動，你和我再進去找他。」

「不能直接放火燒草嗎？」麥坎伯問。

「草還太嫩。」

「那派助手把他趕出來呢？」

⑤ 某些非洲地區使用的尊稱語，意近先生、主人。

威爾遜估量著眼前這個男人。「當然可以。」他說：「但那是謀殺。你想想，我們都知道獅子已經受傷。你可以驅趕一頭沒有受傷的獅子，讓他隨著聲響移動，但一頭受了傷的獅子只會朝人撲。除非你離他很近，否則你根本看不到他。他整個身體會往下趴，完全趴平哦，想不到吧，一個連兔子都藏不住的地方，竟然躲了一頭獅子。你可不能把這群小鬼送進那種場面，會見血的。」

「那扛槍的人呢？」

「哦，他們會和我們一起去。這是他們的 shauri⑥。你也知道，他們簽約了。你看他們臉色不太好，對吧？」

「我不想進去。」麥坎伯下意識說出口。

「我也不想。」威爾遜興奮地說。「但沒有別的辦法啦。」

他補了麥坎伯一眼，這才發現他渾身發抖、一臉可憐。

「當然啦，你不需要進去。」他說：「不就是因為會出這種狀況，你們才僱用我的嗎？對吧？所以我才會那麼貴啊。」

「你說你要一個人進去？就讓他在那兒待著，不行嗎？」

勞勃·威爾遜的工作就是要解決獅子和獅子造成的麻煩，他從未想過麥坎伯的事，頂多覺得他廢話連篇，但如今，他突然覺得自己像是進了旅館開錯門，看到不該看到的羞恥畫面。

「什麼意思？」

「為什麼不放他一馬？」

⑥ 事情、工作，斯瓦希里語。

「你是要我們假裝沒有打中他？」

「不是。就放他去啊，不要理他。」

「事情還沒結束。」

「為什麼？」

「第一，他現在一定很痛苦。第二，可能會有其他人碰到他。」

「我懂了。」

「你不想去的話也沒關係。」

「我想去。」麥坎伯說：「我只是害怕，你知道的。」

「等會兒進去的時候，我走前面。」威爾遜說：「康哥尼殿後。你就跟著我，稍微靠旁邊走。我們可能會聽到他的吼聲。一看到他，我們就同時開槍。不需要顧忌什麼，我會支援你。

其實啊，你知道，或許你就別一道來。這樣可能比較好。要不你回後頭去陪夫人，交給我收尾如何？」

「不，我想去。」

「好吧。」威爾遜說：「但如果你不想來，也不要勉強。因為這是我的 shauri，懂嗎？」

「我想去。」麥坎伯說。

他們坐在樹下抽菸。

「我們在這邊等，你要不要先回去和夫人說幾句話？」威爾遜問。

「不用。」

「那我過去一下，請她耐心等。」

「好。」麥坎伯說。他坐在那兒，腋下出汗，口乾舌燥，胃裡頭一陣空虛，他想要鼓起勇氣叫威爾遜自個兒搞定那頭獅子就好，不用管他。他根本不曉得威爾遜正在氣頭上，因為那時候的他還沒察覺自己的處境，反倒讓他回頭去找瑪歌。威爾遜回來時，他還坐在原處。「我幫你把大槍拿來了。」他說：「拿好。我看我們已經給他夠多時間了。出發吧。」

麥坎伯接過大槍，然後威爾遜開口說：

「跟在我右後方大概五碼的位置，按照我的指示行動。」然後他操著斯瓦希里語，對著那兩個滿臉憂鬱的扛槍者說話。

「走。」他說。

「我可以先喝口水嗎？」麥坎伯問。威爾遜向著腰帶掛著水壺，較年長的扛槍人說些話。他解下水壺，旋開壺蓋，將水壺交給麥坎伯。麥坎伯接過水壺才發現這東西竟然那麼重，包覆著水壺的套子觸感毛茸茸的，很粗糙。他舉起水壺喝水，看著眼前一片高高的野草，再眺向野草後頭頂端平整的樹林。一陣微風拂過，野草搖曳。他看見那名扛槍者的臉也因恐懼而扭曲了。

大獅子平躺在深入草叢三十五碼的地方。他耳朵往後豎起，唯一的動作是輕輕揮動那條長長的黑毛尾巴。一找到這個遮蔽處，他便進入備戰狀態，圓滾肚腹上的槍傷已經讓他十分痛苦，肺部破裂的槍傷則害他每一次呼吸，嘴裡都會滲出帶沫的血，他越來越衰弱了。腹部兩側又溼又熱，實心彈穿過他褐色毛皮而留下的小傷口還招來了蒼蠅，他的黃色大眼瞇著恨意，緊緊盯視住前方，只有呼吸引起的疼痛發作時才會眨眼，他的爪子則鑿進鬆軟溫熱的土壤。他全身上下的疼痛、不適、仇恨，還有他剩下的力氣全都繃得緊緊的，凝縮成最後一搏的力量。他聽見那些人類的聲音，於是他聚精會神地等待著，準備在那群人進入草叢的一刻，飛身猛撲。他發現他們的動靜時便豎起尾巴、上下揮動，而當他們來到草叢邊，他便發出咳嗽般的呼嚕聲，撲了上去。

那位較年長的扛槍者康哥尼帶頭負責查看血跡走向，威爾遜則注意有無任何風吹草動，他的大槍已上膛，隨時可以射擊，另一名扛槍者往前觀望、仔細傾聽，至於麥坎伯則緊緊跟著威爾遜，手指扣著來福槍的扳機，他們才踏進草叢，麥坎伯就聽見噎著血的呼嚕聲，看到草叢唰地動了一下。接下來他只知道自己正拔足狂奔，發了瘋地狂奔，在曠野中的他驚慌失措，朝著溪流的方向逃去。

他聽到威爾遜那把大來福槍「喀啦——轟」地開火，接著是一聲炸裂開來的「喀啦——轟」，他轉過身去，看見獅子已傷得慘不忍睹：他的半邊腦袋被轟掉了，卻依然拖著身子爬向草叢邊的威爾遜，這位紅臉男子拿出那把醜陋的短來福槍，推好槍栓，仔細瞄準後又再補了一槍，「喀啦——轟」。子彈由槍口炸出，而原本拖著沈重身軀在草地上爬行的淺棕色大獅子，就此一命嗚呼，不再動彈，只有那顆被槍彈開花的大頭往前一傾，方才還在狂奔的麥坎伯如今獨自站在曠野，緊握上膛的來福槍，這才明白那頭獅子死了，同行的兩個黑人還有那一個白人擺過頭來，輕蔑地看著他。他走向威爾遜，事到如今，他那人高馬大的身材竟成了一道赤裸的譴責，威爾遜看著他，問道：

「要拍照嗎？」

「不用了。」他說。

在往車子方向走的途中，沒有任何人開口。然後威爾遜說：

「這獅子真他媽帶種。小鬼們一定會把他的皮剝下來的，我們就在樹蔭下等著吧。」

麥坎伯妻子正眼也不瞧他一下，他也不想看她，他倆就這樣坐在後座，威爾遜在前座。沒看著妻子的他伸手握住她的手，她卻把手抽開。他從車上望向溪流的彼岸，看見扛槍的兩人正剝著獅子的皮，他才明瞭原來她早就看到事情發生的全部經過了。他們就這麼坐著，然後他的妻子往前靠，將一隻手放在威爾遜的肩膀。他轉過身，而後座的她將身子往前湊，親了他的嘴。

「哦，我說這……」威爾遜說。他原本就曬得紅通通的臉，變得更紅。

「勞勃．威爾遜先生。」她說：「英俊的紅臉先生勞勃．威爾遜。」

她坐回麥坎伯的身邊，然後別過頭去觀看對岸的情況，那頭獅子就躺在那兒，遭兩名扛槍黑人剝皮之後，白色肌肉和肌腱外露的赤裸前腿，筆直地立著，白色肚子也依舊鼓脹著。終於，他們帶著又濕又重的皮回來了，他們先把皮捲好才爬上車子的尾部，汽車發動了。回到營地之前，沒有人多說一句話。

這就是那頭獅子的故事。麥坎伯不知道那頭獅子最後是抱著什麼樣的心情奮力一撲，也不知道當點 505 子彈帶著極高槍口速、重達兩噸的衝擊力道殺進他的口中時，他有什麼感覺，更不會明白當他後腿被打得稀巴爛、再度承受撕裂痛楚後，究竟是什麼支撐著他，就算用爬的也要抓住那把發出爆裂響聲的致命武器。威爾遜知道，不過，他只會用這句話帶過：「媽的，這獅子太猛了。」麥坎伯同樣也不會知道威爾遜的想法，或是他妻子的想法——他只知道她和他已經玩完了。

妻子和他鬧翻過，但總是很快就沒事。他相當富有，而且只會越來越有錢，他知道現在她是不可能離開他的，這是他真正知道的少數幾件事之一。這他懂，也懂機車——那是他最早弄懂的東西——他懂汽車、獵鴨、釣魚、鱒魚、鮭魚和大海，也懂書裡的性愛，讀懂很多書，太多太多書了。他還懂所有運動場上的球類比賽，懂狗，不太懂馬，懂得守住錢財的方法，熟悉他那個圈子裡大部分的進退之道，還曉得妻子不會離開他。她曾經是個絕世美人，如今到非洲也還是個美人，只是她的美在家鄉已不再絕世，她已失去離開他讓自己過得更好的本錢，這事她心知肚明，他也了然於胸。她已經錯過離開他的最佳時機了，這點他清楚得很。要是他追求女人的手段再高明些，她或許會擔心他討了美麗的小老婆；但她對他的性情瞭若指掌，根本不會去操那個心。他還擅長忍氣吞聲，如果這不是他最不幸的弱點，那就似乎是他最大的優點。

總之，他們被公認為相對幸福的夫妻，就是那種夫妻決裂的流言蜚語傳得沸沸揚揚，到頭來也只是流言蜚語的夫妻，亦如某位專寫上流社會的專欄作家所說的：為了替他們那段備受羨慕、恆久不渝的羅曼史增添大量冒險情趣，他們遠赴眾所周知的「黑暗大陸」——在馬丁・強生夫婦⑦將他們追獵的獅子「老辛巴」、野牛、大象「譚伯」的影像搬上大螢幕、為美國自然歷史博物館蒐集標本前，這片非洲大陸是全世界最黑暗的地方——進行一場狩獵之旅。這位專欄作家過去至少報導過三次他倆瀕臨決裂的消息，當時兩人的關係也的確如此，但他們總會合好。他倆的婚姻基礎打得十分穩固。瑪歌美到麥坎伯無法跟她離婚，麥坎伯有錢到瑪歌離不開他。

不再想獅子的法蘭西斯・麥坎伯終於入睡，不一會兒，卻又醒了過來，然後再度睡去。約莫凌晨三點鐘，他忽然被夢驚醒。在夢裡，那隻滿頭是血的獅子就站在他的面前，他聽著自己劇烈的心跳，這才發現妻子並不在帳篷內另一張帆布床上。他惦記著這件事，兩個小時沒闔眼。

這兩小時剛過，他妻子走進帳篷、掀開她的蚊帳，然後愜意地爬上床。

「妳上哪兒去了？」麥坎伯在一片漆黑之中質問自己的妻子。

「哈囉。」她說：「你還醒著？」

「妳上哪兒去了？」

「只是到外面透透氣。」

「透氣？妳騙鬼。」

「那你要我說什麼，親愛的？」

「妳上哪兒去了？」

⑦ the Martin Johnsons，早期赴非洲拍攝自然景觀的美國夫婦。

「出去透透氣。」

「這藉口還真新鮮。妳這賤女人。」

「是呀，你這懦夫。」

「沒錯。」他說：「那又怎樣？」

「不怎麼樣，你高興就好。拜託別說了，親愛的，我好想睡覺。」

「妳以為我什麼都可以忍受是不是？」

「你會啊，寶貝。」

「哼，這次我不會再忍了。」

「拜託，親愛的，不要說了。我好想、好想睡哦。」

「妳說過不會再發生這種事情。妳答應過我的。」

「那現在就是發生了。」她甜美地說道。

「妳說過只要我們這次出來旅行，就絕對不會再發生這種事。妳答應過我的。」

「是的，寶貝。我本來也是這麼打算，但這趟旅程昨天就毀了。我們別再討論這件事了，好嗎？」

「只要有甜頭，妳一刻也不願意錯過，對不對？」

「別再說了，拜託，我很睏，親愛的。」

「我就是要說。」

「那你繼續說，不用管我，我要睡了。」然後她果真睡著了。

天未明，他們三人已在餐桌用餐。法蘭西斯．麥坎伯覺得，他對勞勃．威爾遜的恨意，比他之前對其他人產生的恨意還要強烈。

「睡得好嗎？」威爾遜邊以他低沉喉音問候，邊填裝菸斗。

「你睡得好嗎？」

「好極了。」白種獵人回答他。

你這個混帳，麥坎伯心想，你這個無恥的混帳東西。

原來她回去時吵醒他了，威爾遜心想，並用他冷淡的眼神注視他們。唉呀，他為什麼不管好自己的老婆呢？把我當成什麼啦？一個該死的聖徒像？他應該管好自己的老婆，別讓她亂跑。這都是他的錯。

「你覺得我們會找到野牛嗎？」瑪歌問。她推走眼前那盤杏子。

「有可能。」威爾遜對著她微笑。「妳何不待在營地就好？」

「死都不要。」她對他說。

「你要不要命令她留在營地呢？」威爾遜問麥坎伯。

「你自個兒命令她。」麥坎伯冷冷地說。

「少命令來命令去了，也不要——」瑪歌轉向麥坎伯，用愉悅的口氣繼續說：「耍白痴啦，法蘭西斯。」

「準備好要出發了嗎？」麥坎伯問。

「隨時都可以。」威爾遜對他說：「你想要夫人同行嗎？」

「我想或不想又有什麼差別？」

我管你去死，勞勃．威爾遜心想。我他媽管你去死啊。事情就是會演變成這個樣子。唉，終於走到這一步了。

「沒有差別。」他說。

「你確定你不想留下來陪她，我自己出去獵野牛就好？」

麥坎伯問道。

「我不會幹這種事。」威爾遜說：「如果我是你，就不會亂講話。」

「我不亂講話的。我只是覺得很噁心。」

「噁心不是什麼好話吧？」

「法蘭西斯，拜託你講點道理好嗎？」他的妻子說。

「我他媽還不夠講理？」麥坎伯說：「你有吃過這麼骯髒的東西嗎？」

「食物有問題嗎？」威爾遜低聲問。

「和其他事情相比也不算太嚴重。」

「我勸你鎮定一點，火爆浪子。」威爾遜壓低聲音說：「那個服務生聽得懂一點英文。」

「叫他去死。」

威爾遜起身，抽著他的菸斗蹓躂走了，他用斯瓦希里語對站在一旁等他的扛槍者說話。麥坎伯和他的妻子還坐著。他瞪著自己的咖啡杯。

「親愛的，要是你再無理取鬧，我絕對會離開你。」瑪歌小聲說。

「妳不會離開我的。」

「你可以試試看。」

「妳不會離開我的。」

「好。」她說：「我不會離開你，那你規矩一點。」

「規矩一點？瞧妳說的。妳要我規矩一點？」

「沒錯，你要規矩一點。」

「為什麼不是妳規矩一點？」
「我一直都在努力啊，我努力很久很久了。」
「我恨那頭紅臉豬哥。」麥坎伯說：「我看到他就火大。」
「他人真的很好。」
「噢，妳給我閉嘴。」麥坎伯幾乎是用吼的。此時車開過來了，並在用餐帳篷前停下，司機和兩個扛槍者下車。威爾遜走向車去，看著坐在餐桌前的那對夫妻。
「出發吧？」他問。
「當然。」麥坎伯說，一邊站起身。「當然。」
「最好帶件羊毛衫。在車上會有點冷。」威爾遜說。
「我去拿皮外套。」瑪歌說。
「小鬼拿了。」威爾遜對她說。他和司機上了前座，法蘭西斯・麥坎伯和他的妻子則坐在後座，兩人不發一語。

希望這可憐的笨蛋，不會想要從後座把我腦袋給轟了，威爾遜自忖。帶女人來打獵，真是自找苦吃。

在昏灰的晨光下，車子嘎嘎地輾過路面，往下開，渡過滿佈鵝卵石的淺灘，再爬坡轉進陡峭河岸，開上威爾遜前一天交代下面的人鏟出的路，這樣他們才有辦法抵達遠方那一大片長滿樹木、綠意盎然的郊野。

真是個舒服的早晨，威爾遜想。露水溼重，當輪胎壓過野草或矮花叢，他還聞得到草葉碾碎後，接近馬鞭草的香味。汽車開進荒無人跡的郊野，他則一路享受著清晨露水，和碎蕨的氣味，以及映在清晨霧氣中的漆黑樹影。他已經將後座那兩個人拋諸腦外，一心想著野牛。他想獵的那頭野牛白天躲在沼澤地帶，根本無從下手，但晚上牛群會移動到曠野覓食，如果他能開車攔截從沼澤出發的牛群，麥坎伯就有機會在空曠的地方獵到他們。他不想和麥坎伯在滿是遮蔽物的地方獵水牛。管他是水牛還是什麼東西，他一點都不想和麥坎伯合作，但他是名職業獵人，也曾和幾個少見的怪人一起狩獵過。如果他們今天獵到野牛，那就只剩下犀牛了，然後那個可憐蟲就可以結束這一場危險遊戲，讓事情告個段落。他不會再和那女人有任何瓜葛，麥坎伯說不定也能夠熬過去。看他那副模樣，想必已經遇過這種事很多次了。可憐的傢伙，他一定有辦法熬過去的。唉，這是那個可憐蟲自己的錯。

勞勃．威爾遜這個男人狩獵時會攜帶一張雙人帆布床，好因應旅途中可能出現的意外收穫。他曾接過一組特定的狩獵團，客戶組成來自世界各地，個個行動敏捷、喜愛運動，只是裡頭的女客戶老覺得非得和白種獵人睡同一張床，否則就虧本了。儘管當時他曾經對其中幾個女人頗有好感，不過一人獨處時，他又瞧不起她們。但是在商言商，一旦受僱於人，他就會依對方的要求辦事。

他們怎麼說，他就怎麼做，只有一件事除外：狩獵。關於殺戮，他自有一套準則，他們要麼就照他的標準打獵，要麼就另請高明。他也知道自己是因為這準則才能得到客戶的敬重。麥坎伯是個奇怪的案例。他不怪才有鬼。還有他那個老婆。呃，他的老婆。對，就是他的老婆。嗯，他的老婆。反正他不會再管這事了。他瞧瞧後頭的兩人，怒氣騰騰的麥坎伯一臉死人樣，瑪歌則一直對他笑。今天她看起來比較年輕、天真，比較有朝氣，不再美得那麼做作。天知道她打著什麼鬼主意，威爾遜心想。昨晚她的話不多，基於這點，他倒是挺樂意再見到她。

汽車爬上緩坡、穿過樹林，來到這片大草原般的曠野。車子一路沿著曠野邊的林蔭行駛，司機放慢速度，好讓威爾遜能仔細觀察整片草原和遠處的交界。他示意停車，拿出雙筒望遠鏡研究地形。他要司機繼續往前，於是車子再度緩慢移動，司機避開疣豬挖的坑洞，繞過一個又一個泥巴城堡般的蟻窩。然後，望向那片曠野的威爾遜突然回頭說：

「天啊，他們在那裡！」

車子猛然往前衝，威爾遜以斯瓦希里語迅速吩咐著司機，而此時的麥坎伯往威爾遜指的方向望去，看到三頭身形又長又沉、仿若圓柱體般巨大的黑色野獸，如黑色大型油罐車奔過這片遼闊草原遠方的邊際。他們探出頭顱、挺起脖子和身體向前疾衝，他還看到他們頭上向上飆的雄偉黑角；他們奔跑時並不東張西望。

「是三頭老公牛！我們要在他們跑到沼澤之前攔截他們。」威爾遜說。

車子以時速四十五哩的速度瘋狂穿越曠野，麥坎伯眼中的水牛也越顯龐大，大到他能清楚看見其中一隻光禿無毛的灰色大公牛身上長滿的疙瘩、肩頸上的肌肉，以及他那兩根亮閃閃的黑色牛角，這匹牛拔足趕在另外兩頭之後，保持著些微距離，連成一行，持續穩定向前衝刺的牛陣。忽然，車子像顛過路面般往側身一甩，使他們更加逼近獵物，讓他看見公牛狂奔時的巨大身軀、他稀疏皮毛上的灰塵、犄角中央的突起，還有那鼻孔賁張的口鼻部，他舉起來福槍，只見威爾遜大喊：「別在車上開槍，你這白痴！」他並不害怕，只是恨透了威爾遜，就在此時，司機急踩煞車，車身打偏滑行，眼看就要完全停妥之時，威爾遜躍身一跳，而他也從另一邊跳下了車，他的雙腳踏上彷彿正高速移動的土地，因此稍微踉蹌了幾步，然後，他開始朝移動中的野牛開槍，他聽到子彈射中他後發出的悶響，他用盡子彈，他卻依舊穩定地跑著，他這才想起應該朝肩膀射擊才對，就在他手忙腳亂地補起子彈時，那隻公牛倒下了。他以膝跪地，巨大的頭顱朝天一仰，另外兩頭還在跑，他便餵了領頭的那隻一顆子彈，確實命中。再補的一槍脫靶了，這時他聽見威爾遜的槍咆嘯了聲「喀啦——轟」，然後他看見那隻領頭野牛向前滑倒，以鼻著地。

「去追另外一隻！」威爾遜說：「你終於會開槍了！」

另頭公牛仍以穩定速度向前快跑，而他射偏的子彈揚起地面一陣塵埃，威爾遜也沒有命中，地面塵埃升騰成一朵沙雲，威爾遜大喊：「上車，距離太遠了！」然後一把抓起他的胳膊回到了車上，麥坎伯和威爾遜分別抓著車身左右，車子隨著顛簸路面而劇晃、打斜，也漸漸跟上那頭探出頭顱、一脖子肉，持續向前穩定奔跑的野牛。

他們緊跟著他，麥坎伯趕忙裝填來福槍，子彈卻掉到地上，槍還卡彈，解決卡彈的問題後，他們幾乎要追上那頭公牛了，威爾遜大喊：「停車。」車子嚴重打滑，還差點翻車，此時麥坎伯縱身跳出車外，雙腳站穩後使勁推開槍栓，盡全力瞄準那頭疾馳野牛渾圓的黑色背部，射擊，再瞄準，射擊，再瞄準，再射擊，直到他散盡全部子彈，卻不見那頭野牛出現任何異狀。威爾遜接著開槍，而槍聲震耳欲聾，然後他發現公牛的動作開始搖晃了起來。麥坎伯仔細瞄準後又開了一槍，然後他倒下來，以膝扣地。

「好啊！」威爾遜說：「幹得好。獵到第三頭了。」

麥坎伯樂得興高采烈，像是喝了酒一樣感覺輕飄飄的。

「你開了幾槍？」他問。

「三槍。」威爾遜說：「你殺了第一頭。最大的那隻。我擔心剩下兩隻會找地方躲，就幫你解決掉了。是你打死他們的，我不過是幫忙補槍。你射得真他媽的準。」

「上車吧。」麥坎伯說：「我要喝一杯。」

「先把這傢伙解決掉吧。」威爾遜對他說。那頭野牛正跪在地上，他的頭激烈地抽搐著，小而深邃的眼怒視著他們，發出憤恨吼叫。

「盯緊點，別讓他站起來。」威爾遜提醒他，然後又說：「你往側邊靠一點，從他耳後頸脖這邊下手。」

麥坎伯仔細瞄準受怒意驅使而抽搐不已的粗脖子中心，開槍，野牛的頭顱應聲落地。

「就是這樣。」威爾遜說：「打到脊椎。真是尤物啊，不覺得嗎？」

「喝酒吧！」麥坎伯說。他這輩子從沒這麼爽快過。

麥坎伯的妻子坐在車上，面無血色。「你真是威風，親愛的。」她對麥坎伯說：「這段路開得真驚險。」

「很顛簸嗎？」

「嚇死我了。我這輩子從沒這麼怕過。」

「我們都喝一杯吧。」麥坎伯說。

「當然。」威爾遜說：「女士優先。」她將嘴湊上小酒瓶喝了一口純威士忌，酒一入喉便打了個顫。她將小酒瓶交給麥坎伯，麥坎伯又把瓶子交給威爾遜。

「真是嚇人，但是好刺激。」她說：「害得我頭好痛。我不知道原來可以從車上開槍。」

「沒有人會在車上開槍。」威爾遜冷冷地說。

「我是說開車追他們。」

「一般來說，是不會這樣子做的。」威爾遜說：「不過雖然我們這麼幹了，在我看來還是不失運動精神吧。這片曠野這麼多坑坑洞洞，再加上開車比徒步獵牛更危險。我們每朝野牛開一槍，他就可能會攻擊我們。每一次都是他的機會。不過不需要跟別人提這件事情。這的確是違法的，如果妳是這個意思。」

「我倒覺得坐在車上追著那些無助的大傢伙——」瑪歌說：「很不公平欸。」

「會嗎？」威爾遜說。

「奈洛比的人聽到這件事情的話，會怎麼樣？」

「他們會吊銷我的執照，這是其一。還有很多麻煩事。」威爾遜說完便喝了口酒。「我就沒生意做了。」

「真的？」

「對，真的。」

「呵——」麥坎伯說。這是他今天露出的第一個笑臉。「她抓到你的把柄了。」

「你可真懂說話的藝術呀，法蘭西斯。」瑪歌．麥坎伯說。威爾遜看著他們兩人。混帳與賤貨的結合啊，不曉得他們生出的小孩會是什麼死樣子，他暗忖，但他說：「你們發現了沒？有個扛槍的人不見了。」

「我的老天，該不會——」麥坎伯說。

「他往這裡來了。」威爾遜說：「他沒事。一定是我們離開第一頭牛的時候，他從車子裡摔出去了。」

已屆中年的扛槍者頭戴編織帽，身穿卡其上衣、短褲，腳踏一雙橡膠涼鞋，一跛一跛地朝他們走來，他的神色憂鬱，似乎噁心想吐。他向威爾遜吼著斯瓦希里語，然後他們都看到白種獵人聞之色變的表情。

「他說什麼？」瑪歌問。

「他說第一頭牛爬起來了，還躲進樹叢裡。」威爾遜以不帶情緒的聲調回答。

「噢。」麥坎伯腦中一片空白。

「這樣不就又跟那頭獅子一樣嗎？」瑪歌的語氣充滿期待。

「他媽一點也不會像那頭獅子一樣。」威爾遜對她說。「麥坎伯，要不要再來一口？」

「要，謝謝。」麥坎伯說。他本以為面對獅子時的感覺會重現，但卻沒有。他生平第一次覺得自己完全無所畏懼。他不害怕，他樂極了。

「我們得去找第二頭野牛。」威爾遜說：「我讓司機把車停在樹下。」

「你要幹嘛？」瑪歌問。

「去找那頭牛。」威爾遜說。

「我也要去。」

「來吧。」

他們三人走到第二頭野牛旁，他腫脹的黑色身軀倒臥在曠野，頭壓著草地，而那對巨大的牛角依然張揚。

「這頭真壯觀。」威爾遜說：「應該有五十吋寬。」

麥坎伯愉悅地看著他。

「他一臉憤恨的樣子。」瑪歌說：「我們不能去樹蔭下嗎？」

「當然可以。」威爾遜說：「你看那邊。」他指著前方對麥坎伯說話。

「看到那塊樹叢了嗎？」

「嗯。」

「第一頭牛就是往那邊去。扛槍的人說他摔下車時牛還躺在地上。我們卯起來追那兩頭狂奔的野牛時，他就在原地觀看，等他頭一抬，就發現倒地的野牛爬了起來，還盯著他瞧，扛槍的人拼死地逃，然後那頭牛就慢慢走進樹叢裡了。」

「我們現在就進去追吧？」麥坎伯急切地問。

威爾遜打量著他。真是活見鬼，他想，昨天明明嚇得要死，今天竟然連火都敢吞了嗎？

「不行。等下再去找他。」

「我們去樹蔭下吧，拜託？」瑪歌說。她臉色發白，似乎是病了。

車子就停在一棵枝葉茂密的樹下，他們走到樹下，坐上了車。

「他可能會死在裡頭。」威爾遜說：「再等會，我們就去探個究竟。」

麥坎伯感到一股難以言喻的狂喜之情，他從未有過這種感受。

「我的老天，好一次追獵的經驗。」他說：「這是前所未有的感受。妳不覺得棒呆了嗎，瑪歌？」

「我覺得很討厭。」

「為什麼？」

「討厭就是討厭。」她痛苦地說：「討厭死了。」

「你知道嗎，我覺得以後不管碰上什麼事，我都不會再害怕了。」麥坎伯對威爾遜說：「我們剛見到那頭牛、剛要追捕他的時候，我的心境就不同了。那就像水壩潰堤，是一種純然的興奮。」

「還一併把你的肝臟給清乾淨了。」⑧威爾遜說：「人難免會遇上什麼千奇百怪的事。」

麥坎伯一副容光煥發的樣子，「你知道我變得不同了吧？我覺得自己截然不同了。」

他的妻子沒有說話，只是一臉古怪地盯著他看。她整個人攤在座位上，麥坎伯則挪著身子向前傾，和自前座回頭，側著

⑧ 相傳肝臟是儲存如憤怒、嫉妒等黑暗情緒的臟器，其中也包含了力量。

身體的威爾遜對話。

「嘿，我想再獵一頭獅子。」麥坎伯說：「我現在完全不怕他們了。畢竟，他們又能對你造成什麼威脅呢？」

「沒錯。」威爾遜說：「最糟糕也不過就是被幹掉而已。莎士比亞是怎麼說的？他媽那句話可經典了。不知道我還記不記得。哈，超經典啊。有一陣子我還常念這段話給自己聽。來囉，『老實說，我不在乎。人一生只能死一次。我們虧欠神一條命，時候到了就該上路，要是今年死了，明年就不用再死一次。』⑨他媽的超經典，嗯？」

但他覺得十分尷尬，竟然把自己以前的信念搬出來講，不過他曾目睹不少男孩轉變成男人，而他總是深受感動。那過程與他們的二十一歲生日一點關係也沒有。

像麥坎伯，他需要的是一場偶發的野獵，趁他還來不及顧慮，就讓他硬著頭皮直接上場，最後變成真正的男人。管他是怎麼發生的，總之就是發生了。看看這個傢伙現在什麼模樣，威爾遜心想。他屬於那種得花好長一段時間才能成功轉大人的類型，威爾遜心想，搞不好得花上一輩子。

到了五十歲，他們仍會是一副幼稚青澀的模樣。偉哉！美國大男孩，要命啊，這群怪胎。但他喜歡現在這個麥坎伯。這人太逗了。這說不定也表示他以後不會再戴綠帽了。嗯，那就太好啦。真是可喜可賀。這傢伙可能老在擔心害怕，雖然不知

⑨ 出自莎翁劇本《亨利四世》。

道前因，但結果就是他不再擔心害怕啦。跟野牛對決的時候，他就沒空害怕吧。這是其一，再加上他的怒氣，再加上我們的車子，讓他可以大鬧一場。變成一個連火都敢吞的男子漢吧。他曾在戰場見過同樣的情況，這種改變比失去任何形式的童貞所帶來的改變更為劇烈。那就像是一場刮除恐懼的手術，原本的地方會長出其他東西。這是讓男孩變成男人的主因，每個男人都有這種東西。女人也能看出這東西的存在。無所畏懼。

瑪格麗特．麥坎伯瑟縮在座位的一角，端詳這兩個男人。眼前的威爾遜仍是昨天她發現的那個擁有驚人天賦的威爾遜，沒有任何改變。但她看得出來法蘭西斯．麥坎伯已經變了一個人。

「你會不會對將要發生的事抱著滿心的期待？」麥坎伯問，他還在探索他的新財富。

「你不該把這事掛在嘴邊。」威爾遜看著對方說：「要說你怕，這樣才有上流社會的樣子。注意點，你應該要害怕，多的是機會。」

「所以要上場了，你興奮嗎？」

「當然。」威爾遜說：「很興奮。但一直說這些也沒多大用處。說個沒完沒了，太多嘴，只會消磨事情本身的樂趣。」

「你們兩個都在說廢話。」瑪歌說：「不過是坐著車追殺幾隻無助的小動物，就以為自己是英雄在那邊講個半天。」

「抱歉。」威爾遜說：「我廢話太多。」她開始擔心了，他想。

「男人說話，妳要是聽不懂，何不乾脆閉嘴？」麥坎伯質問他的妻子。

「才一下子，你就變得這麼勇敢呀？」他的妻子語氣輕蔑，但那輕蔑的語氣中又夾雜著什麼。她感到非常害怕。

麥坎伯大笑，由衷地大笑。「妳知道，我勇氣十足。」他說：「我真的變了。」

「不覺得太遲了嗎？」瑪歌苦悶地說。因為過去幾年來，她已經用盡心力，而如今他們走到了這地步，並不是誰的錯。

「一點也不。」麥坎伯說。

瑪歌沉默地坐在後座的角落。

「差不多是時候了吧？」麥坎伯雀躍地問威爾遜。

「可以去看看。」威爾遜說：「你還有實心彈嗎？」

「扛槍的傢伙還有。」

威爾遜用斯瓦希里語喚了一聲，正在剝野牛頭皮的年長扛槍者立刻挺起身子，從口袋掏出一盒實心彈交給麥坎伯。麥坎伯裝填彈藥後，把剩下的子彈放進口袋。

「你最好拿春田獵槍。」威爾遜說：「你已經上手了。這把曼利夏槍就留在車上給夫人用。幫你扛槍的人可以扛你的大槍。我就拿這該死的砲槍。我先解說野牛的事。」他把野牛的事留到最後才說，因為他不想讓麥坎伯焦慮。「野牛撲過來的時候，他頭會抬高，然後筆直往前衝。他犄角突起的部位能幫他的腦部擋子彈。要打就對準他的鼻子打，不然就要朝他胸口開槍。如果你在他的側邊，打他頸部或是肩膀。他們一旦中槍就會亂殺一通。別耍花招，朝最省事的地方開槍就對了。他們剝好牛頭了。我們出發吧？」

他叫喚兩名扛槍者，他們便邊擦手邊走過來，年長的那位爬上後座。

「帶康哥尼就好。」威爾遜說：「另一個留下來待命，別讓鳥接近。」

車子緩慢駛過這片曠野，朝樹島般的叢林而去，茂盛的葉片在狹長地帶四處蔓延，一條穿過沼澤地帶的乾涸河道向前開展。麥坎伯又感受到心臟劇烈的跳動，和口舌之間的渴，但這次是出於興奮，而不是畏懼。

「他就是從這裡進去的。」威爾遜說著。然後用斯瓦希里語對扛槍的人說：「去追血跡。」

車子的位置和樹叢平行，麥坎伯、威爾遜、扛槍者下車了。麥坎伯回頭看見身旁有把來福槍的妻子，而她也正注視著他。他向她揮手，但她沒有揮手回應。

前方的樹叢非常茂密，地面乾燥。中年的扛槍者揮汗如雨，威爾遜將帽子拉至眼睛上方，他曬紅的脖子映在麥坎伯眼前。扛槍者突然用斯瓦希里語跟威爾遜說話，然後往前跑去。

「他死在那裡。」威爾遜說：「太好了。」他轉身握上麥坎伯的手，但就在兩人握手、咧嘴而笑之際，扛槍者瘋狂大叫了起來，接著他們看到他側著身子竄出樹叢，快得像隻螃蟹，身後帶出一頭鼻端向前、口部緊閉，渾身淌血的野牛，他那巨碩的頭顱向前挺進，那瞪著他們的小眼睛滿佈血絲。他衝過來了。前頭的威爾遜立刻跪下開槍，麥坎伯也跟著開槍，但他自己的槍聲已被威爾遜槍彈的咆嘯所掩蓋，只見石板瓦般的碎片自牛角間的突起散射而出，牛頭抽搐，他立刻朝大鼻孔再開一槍，接著他的犄角猛然一晃，再度迸射碎骨，這當下他看不到威爾遜的身影，卻看見野牛碩大的身軀就要壓上來，而自己的來福槍幾乎和那努著鼻子直衝而上的頭顱齊平，他仔細瞄準，再補一槍，然後看見那雙邪惡的小眼睛，然後那顆巨顱往下垂，然後一股突如其來的燙熱、令人目盲的白色閃光在他腦裡炸開，然後，他再無知覺了。

當威爾遜忽然低身躲向一旁，準備射擊野牛的肩膀，站得直挺挺的麥坎伯則正朝他的鼻子開槍，但每次都往上偏，因此錯擊了沉重的犄角，使角有如石板瓦屋頂般破碎剝裂，而就在牛角幾乎要刺穿麥坎伯的那一刻，車上的麥坎伯太太拿起口徑6.5毫米的曼利夏朝著野牛開槍，卻擊中她丈夫頭骨底部側邊，往上約莫兩吋的地方。

法蘭西斯．麥坎伯倒地，他面部朝下，與那頭側身倒地的野牛距離不到兩碼，他的妻子跪在他身前，威爾遜在她身邊。

「不要把他翻過來。」威爾遜說。

女人歇斯底里地嚎哭。

「是我就會回車上去。」威爾遜說：「來福槍呢？」

她搖著頭，面目扭曲。扛槍者拾起來福槍。

「把槍放回原位。」威爾遜說。接著又說：「去叫阿巴度拉過來，這麼一來他也是這場意外的目擊者。」

他跪下，從口袋取出一條手帕鋪在法蘭西斯・麥坎伯蓄著短髮的後腦杓上。血液滲入乾燥鬆軟的土壤。

威爾遜起身後，看著側身倒下的野牛，他四隻粗腿大張，毛髮稀疏的肚上爬滿扁蝨。「好大一頭牛。」他的腦袋開始自動度量標記。「五十吋吧，還是更長？嗯，應該更長。」他對司機叫喊，要他在屍體上蓋張毯子，守在旁邊。接著，他走到車子旁，那女人正坐在一角哭泣。

「幹得漂亮。」他用毫無起伏的聲調說：「反正他到時也會甩掉妳。」

「閉嘴。」她說。

「當然，這是場意外。」他說：「我很清楚。」

「閉嘴。」她說。

「別擔心。」他說：「接下來會有些麻煩事，不過我會叫人拍好照片，驗屍的時候就能派上用場。那兩個扛槍的人和司機都會提供證詞。妳可以全身而退。」

「閉嘴。」她說。

「還有很多事要辦啊。」他說：「我得派輛卡車到湖邊，用無線電叫架飛機把我們三個載到奈洛比。妳幹嘛不毒死他算了？英國人都用這招吧。」

「閉嘴。閉嘴。閉嘴。」女人嚎叫。

威爾遜用他冷漠的藍眼看著她。

「我的任務到此結束。」他說：「我本來有點生氣。才剛開始喜歡妳老公呢。」

「哦，拜託閉嘴吧。」她說：「拜託你閉嘴。」

「聽起來好多了。」威爾遜說：「加上拜託，聽起來就好多了。那我就閉嘴。」

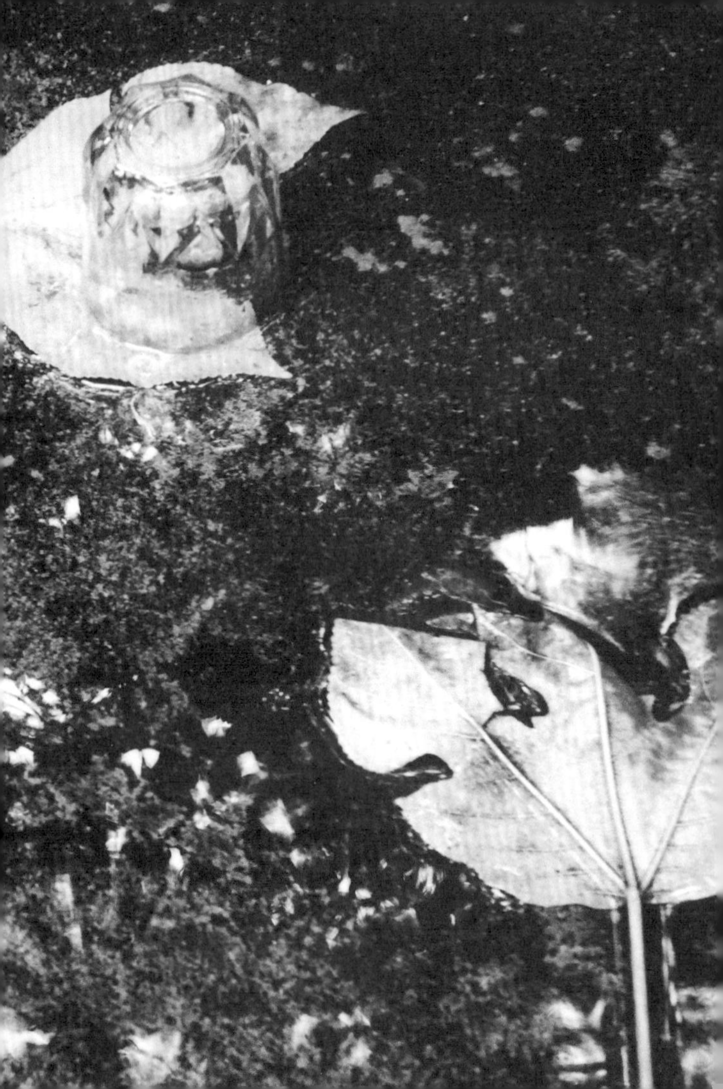

艾略特夫婦
Mr. and Mrs. Elliot

艾略特夫妻倆拚了命想生個孩子。只要艾略特太太撐得住，他們就不斷試。婚後，他們在波士頓努力過好一陣子，搭船途中也沒閒著。可是艾略特太太病了，在船上努力的次數就沒辦法那麼頻繁。她暈船，她暈船的時候，就是南方女人式的暈船和嚴重嘔吐。這可是美國南方來的的女人啊。和其他南方女人一樣，一暈船——夜間航行，白天又醒得太早——艾略特太太整個人都要瓦解。船上很多人都誤以為她是艾略特先生的媽媽；知道他們是夫妻的人，又以為不久她就要生孩子了。事實上，她才四十歲，卻在開始旅行之後驟然衰老。

在這之前她看起來年輕多了，實際上，艾略特和她結婚時，她身上完全看不出年歲的痕跡——他們在她的茶館相識許久，後來又經過好幾個禮拜的求愛，他才在那一夜親吻了她。

修柏特．艾略特結婚時，正在哈佛大學當法學研究生。同時他也是個年收入一萬美元的詩人。他只需要很短的時間便能寫出一首長詩。二十五歲的他，直到和艾略特太太結婚之前，還沒和女孩子睡過。他要潔身自愛，好把純淨的身體與心靈完全交付給自己的妻子，當然，他也期待對方一樣純潔。他說這才是「規矩的生活」。在親吻艾略特太太之前，他也曾經和許多女孩交往，交往期間，他總會找機會告訴她們自己過著潔淨的人生，結果這些女孩幾乎都對他再也提不起興致。女孩明知道某些男人的過去就像泡進臭水溝般不光彩，卻仍願意和他們訂婚，甚至結婚，這讓他好吃驚，嚴格來說是嚇壞了。那次他試圖警告認識的女孩，提醒她別跟某位男人交往——他說自己可以確定那傢伙從大學時代就是個爛人——結果落得大家都不愉快。

艾略特太太的本名是克妮麗雅，她卻要他暱稱自己卡露蒂娜，那是她在南方家族時的小名。婚後當他帶著克妮麗雅回家時，他的母親還一度哭哭啼啼，不過當得知倆人婚後將出國定居，臉色又亮了起來。

每回他告訴她，自己潔身自愛都是為了她，克妮麗雅便會把他抱得更緊更緊，喚他是「你這個親親小男孩。」克妮麗雅也是純淨的。「像那樣再親我一次。」她說。

修伯特對她解釋，他的接吻技巧是從朋友那聽到的故事中學來的。他對這試驗很滿意，於是兩個人便繼續深入練習。有時候，如果他們親吻了好長一段時間，克妮麗雅就會要求他再說一遍，會如此守護他自己的純淨都只為了她。這般宣告總讓她再度興奮不已。

起先修伯特根本沒料到會和克妮麗雅結婚。他沒把對方當成對象過。他們是如此親密的好朋友，直到有一天，在她茶店後面的小房間裡，趁著她的女朋友在店裡，他們隨留聲機的音樂起舞，她抬頭注視他的眼睛，然後他親吻了她。他始終記不得彼此終於決定結婚的那個關鍵時間。但他們的確結婚了。

結婚那天他們在波士頓的旅館裡過夜。他們都有些失望，不過克妮麗雅最後還是入睡了。修伯特睡不著，穿著特地為蜜月旅行買的 Jaeger 名牌浴袍到外頭好幾次，在旅館走廊上來回晃。他走呀走，一雙雙大人和小孩的鞋子就擺在旅館其他房間的門外。他的心為此猛烈跳動，他迫切衝回自己房間，但克妮麗雅已經熟睡。他不想吵醒她，很快的，一切平息下來，他也安然入睡。

隔天，兩人拜訪了他的母親，再過一天，他們動身前往歐洲。那段日子挺有可能做人成功，只是雖然他們瘋狂地想有個孩子，克妮麗雅卻沒辦法常常配合。他們在瑟堡登陸來到巴黎。在巴黎他們依然試著要懷上孩子。後來他們決定去第戎的暑期學校，他們在船上碰到的一些人也都過去了。他們在第戎根本無事可做。不過，修柏特寫了很多首詩，克妮麗雅協助他打字。那些詩都長得要命。他對於挑錯十分嚴格，只要有個錯字，就會要求她整頁重打。她哭得慘兮兮。在離開第戎之前，他們也努力過幾次。

他們回到巴黎，船上認識的朋友大多也回來了。他們早已厭煩第戎，反正現在他們已經可以宣稱，離開哈佛大學、哥倫比亞大學，或是瓦柏西學院之後，自己曾在科特多的第戎大學讀過書。他們大多都比較想去朗格多克、蒙彼利埃，或是佩皮尼昂——要是那些地方有大學。但這些地方實在太遠。從巴黎出發到第戎只需要四個小時半，火車上還有餐車呢。

所以，他們現在全都坐進多摩咖啡館，不選擇街道對面的圓亭咖啡店，只因為那邊總是塞滿外國人。過沒幾天，艾略特夫婦因為《紐約先鋒報》的廣告，而在杜爾省租了一座莊園。如今艾略特多了不少欣賞他詩藝的朋友，艾略特太太則說服他寫信到波士頓，給當時和她一起在茶店的女朋友。女朋友來了以後，艾略特太太開朗許多，兩個人也好好的哭過幾次。那位女朋友比克妮麗雅年長好幾歲，總是叫她親愛的。她也來自南方的一個古老家族。

他們三個人，還有一些暱稱艾略特為修比的朋友，結伴去了杜爾省的莊園。他們發現杜爾省是個類似堪薩斯的炎熱鄉村平原。艾略特詩作的數量已足夠成書。他打算在波士頓出版，也已經將支票與一份合約寄給出版商。

不久，一些朋友們又返回巴黎。杜爾這地方還是不符合他們一開始想像的樣子。緊接著，所有朋友都隨著一名年輕有錢的未婚詩人一同去了特魯維的海邊勝地。他們在那裡玩得挺盡興。

艾略特留在杜爾的莊園，因為他租了一整個夏天。他和艾略特太太在那間又大又熱的臥房裡，又大又硬的床上，努力做人。艾略特太太正在學習打字機的按鍵系統，但她發現，一旦速度越快錯誤卻也增多。現在，差不多所有的手寫稿件都換由女朋友處理打字。她很熟練，有效率，好像也滿喜歡這件差事。

艾略特一個人生活在他自己的房間裡，開始喝起白酒。他在夜裡寫大量的詩，顯得白天總一臉倦容。艾略特太太和女朋友則是一起睡在中古風格的大床上。她們好好哭泣過幾次。近晚時分，他們坐在法國梧桐樹下的庭院用餐，炎熱晚風吹過，艾略特先生喝著白酒，艾略特太太和她的女朋友一起聊天，他們都非常快樂。

在異鄉
In Another Country

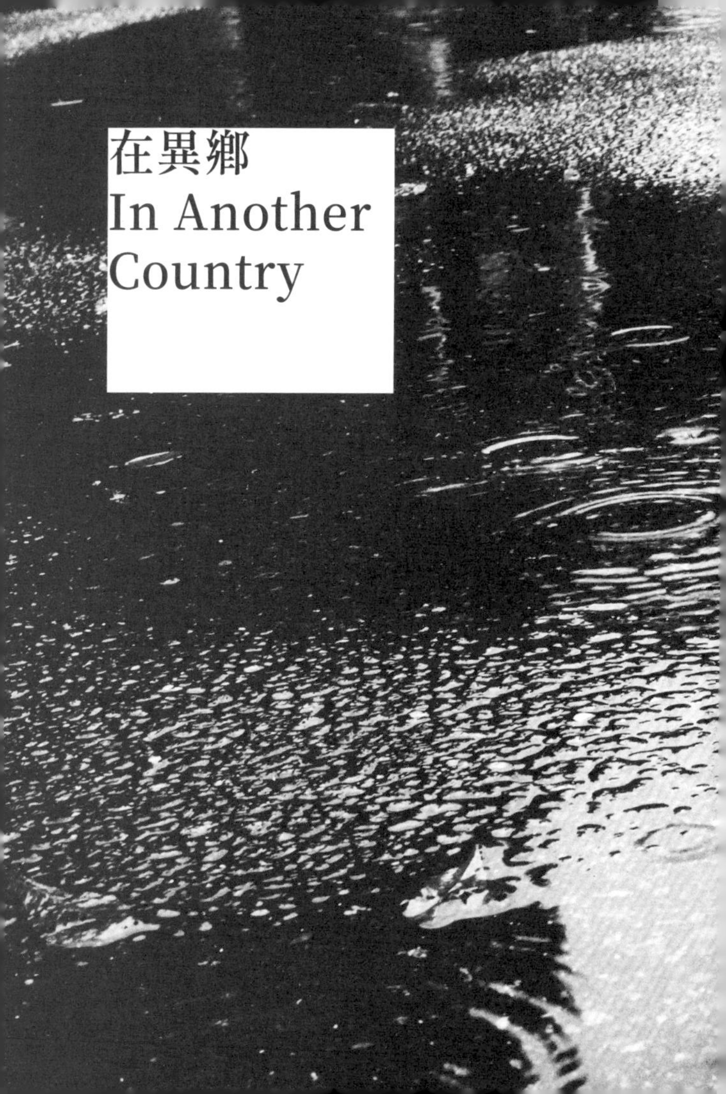

秋天時分，戰爭尚未結束，但我們再也不需要上戰場。米蘭的秋天十分寒冷，天黑得很快。轉眼電燈亮起，沿街觀賞櫥窗別有一番樂趣。商店外掛了許多獵物，雪花灑上狐狸的皮毛，風吹拂過他們的尾巴。僵硬、笨重，被掏空內裡的鹿懸掛著，小鳥隨風搖晃，羽毛翻動著。寒冷的秋天，冷風自山間吹下。

每天下午我們都待在醫院。有幾條不同的路線都能在薄霧中橫跨小鎮，抵達醫院。其中兩條路線得沿著運河行走，但運河太長，因此，通常你會跨越運河上的橋來到醫院。有三座橋可通行。其中一座，上頭有位賣烤栗子的女人。站在她的炭火爐旁，讓人覺得暖呼呼，烤栗子放進口袋也帶來暖意。醫院古舊，但十分美麗，你走進大門，穿過庭院，然後從側邊出口出去。庭院經常舉辦葬禮。離舊醫院稍遠的地方，是由磚瓦蓋成的醫院新館，每天下午我們就在那裡碰頭，禮貌相待，興致勃勃，坐進那個能為我們帶來諸多改變的儀器裡。

醫生走來我待的儀器邊，問道：「戰爭爆發之前，你最喜歡做什麼？你運動嗎？」

我回答：「有，美式足球。」

「很好。」他說：「你以後就能繼續玩美式足球，還會比以前更行。」

我的膝蓋無法彎曲，我的腿自膝蓋起便一路直直地通到腳踝，沒有小腿肉。儀器讓膝蓋彎曲，如同騎三輪車般運動。不過目前我的膝蓋仍彎不了，每回進行彎曲膝蓋的步驟，反倒是儀器歪歪斜斜起來。醫生說：「撐過就沒事了。你是個幸運小子。你會像個美式足球冠軍一樣再返球場。」

隔壁儀器裡坐著一位少校，他有一隻手看起來和小嬰兒的差不多。此刻醫生正幫他檢測小手，他的手擺在來回跳動的兩條皮繩中，拍打著僵硬的手指，他對我眨眨眼，開口說：「醫生隊長，我也可以玩美式足球嗎？」他曾是厲害的西洋劍士，在戰爭爆發之前，甚至是義大利最強的西洋劍士。

醫生走回後頭房間的辦公室，拿來一張照片，上頭顯示一隻和少校痿縮情況差不多的手，以及這隻手接受儀器療程後的差異，治療後，手的確大了一些。少校用他正常的手握著那張照片，仔細端詳。「受傷了嗎？」他問。

「工安事故。」

「有意思，很有意思。」少校說著，一邊把照片歸還醫生。

「有信心嗎？」

「沒有。」少校回答。

三名和我年紀相仿的年輕人，也會每天報到。他們三個全是米蘭人，其中一位想成為律師，一位想當畫家，一位則是打定主意要從軍。結束儀器療程後，有時候我們會一起散步到斯卡拉歌劇院①隔壁的柯瓦咖啡店②。藉著有四人同行，我們就走小路穿過共產黨的地盤。那裡的人痛恨我們，因為我們是軍官，經過的時候，還有人會從酒店門口大喊：「A basso gli ufficiali！」③加入我們行列的第五位男孩，臉上包著黑色絲質

① the Scala，位於義大利米蘭，為世界著名的歌劇院，於 1778 年正式啟用。

② Cafe Cova，米蘭的著名咖啡店，於 1817 年設立至今。

③「官員下台！」義大利語。

手帕——他沒有鼻子，正等待整形。他從軍校畢業後就直接上戰場，第一次衝往前線，不到一個小時就受傷。他們為他重建臉形，但他古老家族的血統讓他們始終無法將鼻子整得更像樣一點。他到了南美洲的銀行工作。但這已經是很久以前的事情，我們當中沒有一個人知道未來會變得怎樣。我們只清楚戰爭絕對不會結束，但我們再也不需要上戰場了。

我們都擁有勳章，但臉上包著黑絲繃帶的男孩可沒有，他在戰場上待得不夠久，得不到勳章。想成為律師的蒼白少年長得很高，他曾是亞底堤部隊④的中尉，我們各自得到的三款勳章，他一個人全都拿下了。他與死亡共存太長時間，變得有些疏離。但是我們都有點疏離，除了每天下午都得到醫院報到，似乎沒有事情能將我們兜在一塊兒。然而，要前往柯瓦咖啡店，得穿越鎮上的荒涼區域，我們在黑暗中漫步，周遭酒店不時傳出燈光和歌聲；若是遇到男男女女擋住人行道，我們便硬穿過去，最後不得不走在大馬路上——這讓我們覺得團結，這也是那些討厭我們的人永遠無法理解的事。

我們倒是挺熟悉柯瓦咖啡店，那兒既奢華又溫暖，燈光不是很亮，特定時間一到就嘈雜喧嚷、煙霧彌漫，桌邊總有女孩，壁架總放置了彩色畫報。柯瓦咖啡店的女孩非常愛國，而且我發現全義大利最愛國的人，就是柯瓦咖啡店的女孩們——我相信她們至今依然如此。

---

④ Arditi，第一次世界大戰時，義大利的精銳突擊部隊。

一開始，男孩們對我的勛章懷抱敬意，詢問我如何獲頒這些勛章。我向他們展示文件，上頭印著優雅辭藻，盡是fratellanza⑤和abnegazione⑥，但去掉所有形容詞後，我純粹只因美國人身分才能得到勛章。從那天起，儘管我仍是他們對付外面那幫人的同伴，但他們對我的態度起了些微變化。在他們讀了那些褒揚獎狀之後，我還算是朋友，但永遠不可能成為他們的一份子——他們可是幹了截然不同的大事才能得到這些勛章。我受了傷，千真萬確，但我們都心知肚明這些傷不過是意外導致。我倒是從來不以這些繃帶為恥，有時，幾杯雞尾酒後，我還會幻想自己幹了和他們一樣的大事，才得到那些勛章；不過，當我半夜自個兒走過冷清大街，寒風吹過，店鋪打烊，總忍不住要挨緊街燈走路，我才覺悟，這輩子自己是不可能幹下相同偉業了，我太怕死，經常在一個人就寢的夜裡，恐懼死亡，思索著假如再回到前線，會落得什麼下場。

擁有勛章的那三人就像獵鷹；但我不是鷹，雖然對那些從來沒有打獵過的人而言，我看來可能有幾分獵鷹姿態；但他們三人了然於胸，我們相去甚遠。不過我依然與第一天上戰場就掛彩的男孩維持友好關係，因為如今的他根本無法再得知當初自己可能會成為什麼，當然也絕不可能被他們接納，所以我喜歡他，或許是因為他一樣無法成為一隻鷹。

曾是頂尖西洋劍士的少校不相信英勇這種狗屁，我們一起

⑤ 兄弟情誼，義大利語。
⑥ 克己，義大利語。

坐進儀器時，他還花大把時間糾正我的文法。他誇獎我的義大利語，我們總能自在聊天。某日我誇口，對自己而言義大利文真是再簡單不過的語言，實在提不起興致繼續學習，畢竟想說的都已能講出口。「嗯，也是。」少校說：「那麼，你為何不學習正確的文法呢？」於是我們開始學習文法，義大利文自此突然變得好困難，腦袋沒有正確文法架構前，我甚至害怕與他對談。

少校就診十分規律。雖然我確定他根本不相信這儀器，但我想少校仍從未缺席過。一度我們也沒人相信儀器的功效，那天，少校甚至指出這些全是亂來。只因為是新式儀器，所以我們得扮演測試功效的角色。真是個白癡想法，他說：「又來了，都是空談。」。我文法學不好，他便說我是個沒救了又丟人現眼的笨蛋，還說在我身上費心，搞得他自己也變成傻瓜。他個頭不高，總是挺起背脊坐上椅子，把右手伸進儀器，當皮繩牽引他的手指笨拙地上下擺動時，他會直勾勾盯著前方牆壁。

「戰爭結束後你打算做什麼？」他問我：「用正確的文法說。」

「我會去美國。」

「你結婚了嗎？」

「還沒，但我希望可以。」

「你真是蠢過頭。」他說。他怒氣騰騰的。「男人不能結婚。」

「為什麼？Signor⑦Maggiore⑧。」

「不要叫我Signor Maggiore。」

「為什麼男人不能結婚呢？」

「男人不該結婚。男人就是不該結婚。」他憤恨地說：「就算知道將失去一切，也不應該就此淪落失去一切的窘境。不該讓自己身陷可能失去一切的窘境。男人該追求那些不會失去的東西。」

他憤恨痛苦地說著，直直望向前方。

「但是，為什麼必然會失去呢？」

「終究會失去的。」少校說。他緊盯牆壁。然後他低頭望向儀器，掙脫皮繩拘束，揮動小手朝大腿用力一拍。「終究會失去的。」他幾乎要叫喊出來。「不准和我爭辯！」然後他喚來負責儀器運作的服務人員，「過來把這該死的機器關掉！」

他走進設有光療和按摩治療的房間。我隨即聽見他詢問醫生是否能夠使用電話，然後把門甩上。當他回到這房間，我正坐在另外一部儀器裡。他披上披風，頭戴帽子，朝我的儀器走來，把手放在我肩上。

「對不起。」他說，用正常的手拍拍我的肩膀。「我不願如此無禮。只是我的妻子才剛過世。請你務必原諒我。」

「噢。」我說，心裡為他難過。「我很遺憾。」

他咬住下唇，原地不動。「好難。」他說：「我無法克制。」

---

⑦ 先生，義大利語。

⑧ 少校，義大利語。

他的視線越過我直直望向窗外。接著他哭了起來。「我就是沒有辦法克制自己。」他語氣哽咽。沒過多久，止不住淚水的他，抬起頭來無視一切，像軍人般挺起胸膛，雙頰滿是淚痕，咬著下唇，走過儀器，推開房門離開。

醫生告訴我，少校的妻子因為肺炎而過世，她十分年輕，而且一直等到確認他因為傷殘除役，兩人才完婚。她生病不到幾天。沒有人預料到她會因此離世。少校三天沒來醫院。之後，他又按照正常時間就診，制服袖子綁著黑色的結。當他回來，牆壁掛滿裱框的大照片，全是各式各樣的傷勢，以及接受儀器療程後的情況。在少校使用的儀器前方有三張照片，上頭那些和他類似的手都已完全復原。我不知道醫生從哪邊得到這些照片。我很清楚我們是第一批使用這些儀器的人。那些照片對於少校而言似乎沒有什麼影響，因為他只是一直望著窗外。

等了一整天
A Day's Wait

他走進房間關上窗戶，這時我們還沒起床，我發現他看起來病厭厭的。他渾身發抖，臉色蒼白，走得很慢很慢，彷彿每多踏出一步都在受罪。

「夏茲，你怎麼了？」

「我頭好痛。」

「你最好快躺回床上。」

「不要，我沒事。」

「你先上床躺著。我衣服穿好馬上過去。」

不過當我下樓時，他已經穿好衣服，獨自坐在爐火旁，看來就是個患了重病，悲慘十足的九歲男孩。我把手按在他的額頭，察覺他身體發燙。

「你快上床去。」我說：「你發燒了。」

「我沒事。」他說。

醫生趕來幫孩子量體溫。

「怎麼樣?」我問他。

「燒到一百零二了。」

走下樓,醫生留了三種藥,是三種不同顏色的膠囊,還附上服藥指示。一種退燒用,一種是瀉藥,第三種則是中和體內酸性過高的狀況。他解釋,流感病菌只存於酸性環境。他看來似乎很了解流行性感冒,還說只要發燒不超過一百零四度就沒什麼好擔憂。只是感染小感冒,避免加重成肺炎就不會有任何危險。

回房之後,我紀錄了孩子的體溫,將不同藥物的服用時間寫在紙條上。

「要我唸故事給你聽嗎？」

「嗯，如果你想唸就唸。」男孩說。他的臉色發白，眼窩下一片黑。他躺在床上，彷彿眼前發生的事情都與他無關。

我讀了霍華．拜爾的海盜故事書，但我看得出來他根本心不在焉。

「夏茲，你現在感覺如何？」我問他。

「還是一樣。」他說。

我坐在床腳唸書給自己聽，一邊盤算時間，等著要餵他吃另一顆膠囊。原本以為他應該自然入睡了，不料當我抬頭，他竟然還盯著床腳，表情很奇怪。

「為什麼不多睡點？我會叫你起床吃藥啊。」

「我寧願保持清醒。」

過了一會兒，他告訴我：「爸爸，如果你覺得麻煩，不用留下來陪我，沒關係。」

「我想陪你啊。」

「不是這樣，我是說，如果變得太麻煩，你大可不用留下來。」

我猜他可能有點頭暈，十一點餵他吃過膠囊後，我也趁機外出一會兒。

這是個明亮卻寒冷的一天，地面覆蓋著已結冰的雨雪，上頭的禿樹、灌木叢、砍斷的枝葉、所有的草，和光禿禿的路面，全像上了一層冰漆。我牽著愛爾蘭賽特犬在路上散步，沿著結冰小溪前行，結冰面很難站立、行走，這隻紅狗率先滑倒，腳步滑不溜丟，我也重重摔了兩回，其中一次，還甩掉了手上的槍，看它沿冰面滑行。

滿布低矮樹叢的高土岸上，躲著一群鷓鴣，我們嚇得他們四處飛竄，在他們即將越過河岸高處消失不見時，我開槍獵殺了兩隻。有幾隻鷓鴣飛下樹來，大多數的鷓鴣則是分散躲進灌木叢中。若想倏地起飛，還得在結冰樹枝堆上跳個好幾次才行。當你置身結冰的灌木叢裡，好不容易取得平衡，一群鳥卻突然驚飛出來，想在這時瞄準、射擊是難上加難，我殺了兩隻，沒打到五隻，返家途中，又在離家不遠的地方發現另一群，想到改天還有這麼多鳥可獵，不由得開心起來。

回家之後，他們告訴我孩子禁止任何人走進房間。

「你不能進來。」他說：「你不能像我一樣慘。」

我走到他面前，發現他仍保持在不久前我離開時的位置，完全沒動過，他的臉色慘白，雙頰因為發燒而泛紅，他的目光依舊瞪著床腳。

我為他測量體溫。

「多少？」

「一百度左右。」我說。一零二點四度。

「是一百零二度。」他說。

「誰說的？」

「醫生說的。」

「你的體溫很正常。」我說：「沒什麼好擔心的。」

「我不擔心。」他說：「但我就是忍不住會一直想。」

「別再想了。」我說：「放輕鬆。」

「我很放鬆。」他說，卻依舊直視前方。很明顯的，有個什麼念頭緊纏他不放。

「配水把藥吃下去吧。」

「你覺得有用嗎？」

「當然有用。」

我坐下，翻開海盜故事書唸起來又隨即中斷，因為他心不在焉。

「你覺得我什麼時候會死掉？」他問。

「什麼？」

「你覺得我還可以活多久？」

「你不會死的。你到底怎麼了？」

「噢，會的，我要死了。我聽到他說一百零二度。」

「人才不會因為發燒到一百零二度就死掉。說什麼傻話。」

「我就是知道會死掉。我們在法國的時候，學校的男生跟我說只要燒到四十四度就會死掉。我都一百零二度了。」
原來從早上九點到現在，他等死等了一整天。
「可憐的夏茲。」我說：「可憐的夏茲小老頭。這就像是英里和公里。你絕對不會死的。這是兩種不同的溫度計。在那種溫度計上正常體溫是三十七度。這一種的正常體溫則是九十八度。」
「你確定嗎？」
「千真萬確。」我說。「就像是英里和公里。你知道的，就像是車速七十英里等於多少公里一樣。」
「噢。」他說。
他盯視床腳的目光慢慢放鬆。原本小大人的姿態也終於鬆懈下來，隔天，他一派輕鬆，遇到毫無要緊的小事還會哭叫出來。

一個乾淨明亮的地方
A Clean, Well-Lighted Place

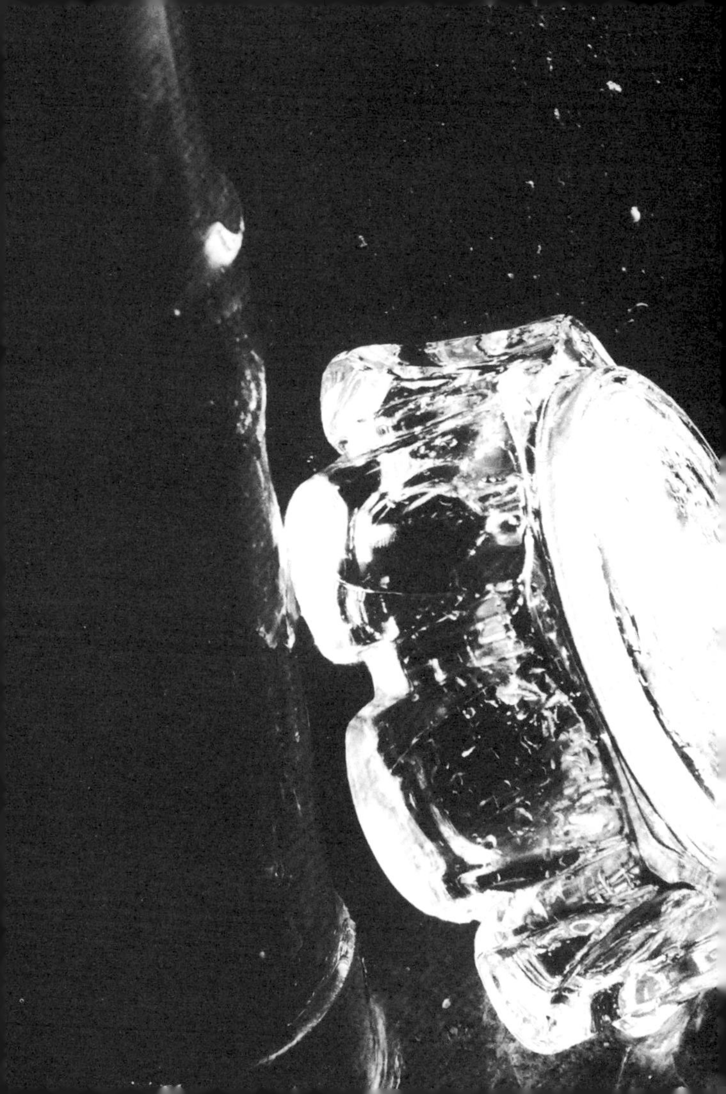

夜深時刻，咖啡店的客人都走光了，只剩下一位老人，獨坐在日光燈篩過樹葉形成的陰影裡。白天的街道滿是灰塵，但入夜後，露水讓塵埃落定，老人喜歡在這裡待得很晚——他聾了，但他感受得出夜已寧靜的差異。咖啡店裡的兩個服務生都察覺老先生有點醉了，雖然他是個好顧客，但他們也清楚，如果他喝太茫就會忘記付錢直接走人，只好對他留意著點。

「上星期他自殺未遂。」一個服務生說。

「為什麼？」

「他很絕望。」

「怎麼了？」

「沒什麼。」

「你又知道沒什麼？」

「他有錢得很啊。」

他們坐在咖啡店門口邊靠牆那張桌子，看見露臺區所有的桌子都空了，只剩老人的那張桌子陷在因風微微搖曳的樹影裡。女孩與大兵走過街道。街燈照亮他領子上的黃銅編號。女孩沒戴頭巾，緊挨他身旁走得匆促。

「衛兵會抓到他。」一名服務生說。

「如果他可以得到想要的，那又何妨？」

「他最好現在就離開這條街。衛兵會抓他。他們五分鐘之前才經過這裡而已。」

坐在陰影下的老人，拿起玻璃杯輕敲桌上的杯碟。年輕的服務生走過去。「你要什麼？」

老人看著他，「再一杯白蘭地。」

「你會喝醉。」服務生說。老人看著他。服務生離開了。

「他會待上一整晚──」他對同事說：「我好睏，我從沒在三點之前上床睡覺過。他真該上星期就自殺死掉。」

服務生從咖啡店裡的櫃檯拿了一瓶白蘭地，和一只小碟子，大步走到老人桌邊。他疊上小碟子，在玻璃杯裡倒滿白蘭地。

「你真該上星期就自殺死掉算了。」他對聽不見的老人說。老人比了比手指，「再多一些。」服務生繼續朝杯裡倒，白蘭地溢出杯緣，順著杯柄流進一疊當中最上層的碟子。「謝謝。」老人說。服務生把酒瓶端進咖啡店，坐回同事那桌。

「他茫了。」他說。

「他每天晚上都醉醺醺的。」

「他為什麼要自殺？」

「我哪知道？」

「他怎麼弄的？」

「拿繩子上吊。」

「誰救他下來的？」

「他姪女。」

「他們幹嘛救他？」

「為了他的靈魂著想。」①

「他到底多有錢？」

「很多。」

① 天主教的教義反對任何自傷的行為，包含自殺。

「他一定有八十歲。」

「我敢說他八十多歲了。」

「我希望他趕快回家。我從沒在三點前上床睡覺過。在那時候上床是什麼滋味？」

「他就愛待這麼晚。」

「他很寂寞。我不寂寞。老婆還在床上等我。」

「他以前也有老婆。」

「他現在這樣，有老婆也沒用。」

「很難說。有老婆的話，他應該會比較好過。」

「他有姪女照顧他。」

「我知道。你說過她救了他。」

「我不想活得那麼老，老人很噁心。」

「那可不一定。這老人很乾淨。他喝酒不會亂灑。就算現在喝醉了也一樣，你看。」

「我不想看。我巴不得他快回家。他一點都不體諒還得上班的人。」

老人的視線從酒杯向上移，掃過廣場，然後望向服務生。

「再一杯白蘭地。」他說，指著自己的玻璃杯。那個心急的服務生走過來。

「不，沒了。」他說——笨蛋對醉漢或外國人說話時，總會使用這種省略式的語法。「今晚不賣了。打烊了。」

「再來一杯。」老人說。

「沒有了，打烊了。」服務生一面用毛巾擦著桌角，一面搖頭。

老人站起身，緩慢地數完小碟子，從口袋拿出皮製零錢包付了酒錢，還留下五角比塞塔②的小費。

服務生看著他走過街道，一個步履蹣跚卻充滿威嚴的老人。

「你為何不讓他留下來喝？」不著急的服務生問道。他們拉下百葉窗準備打烊。「還不到兩點半。」

「我要回家睡覺。」

「有差這一個鐘頭嗎？」

「我的一個鐘頭跟他的差很多。」

「一個鐘頭就是一個鐘頭。」

「你講話也像個老頭了。他可以買瓶酒回家喝。」

「那不一樣。」

「是啦，是不一樣。」有家室的服務生也同意。他不想變得偏頗。他只是急著想走而已。

「你呢？難道不擔心提早回到家會……」

「你在侮辱我嗎？」

「沒有，老兄，只是開玩笑而已。」

「我不擔心。」那個心急的服務生回答。拉下金屬百葉窗後，起身，「我有自信。我自信滿滿。」

「你有青春、自信，還有工作。」年長的服務生說：「你什麼都有。」

「那你又缺了什麼？」

「除了工作，我什麼都沒有。」

---

② 比塞塔，西班牙幣值單位。

「我有的你都有啊？」

「不，我沒有信心而且也不年輕了。」

「拜託，別再講垃圾話，鎖門吧。」

「我也是喜歡在咖啡店泡得很晚的人。」年長的服務生說：「和那些不想上床睡覺的人一樣。和那些夜裡需要一些光亮的人一樣。」

「我回家就要直接上床睡覺。」

「我們是兩個世界的人。」年長的那位說。他換好衣服準備離開。「這不單是青春與信心的問題——儘管青春和信心都那麼美好。每天晚上，我總是不情願地關門，或許有什麼人還需要這間咖啡店。」

「老兄，還有整晚營業的酒館啊。」

「你不懂。這是一間乾淨舒適的咖啡店。照明充足，光線良好，而且，喏，還有樹葉的影子。」

「晚安。」年輕的服務生說。

「晚安。」年長那位說。關上電燈的同時，他繼續自言自語。沒錯，光線很重要，但地方也得要乾淨、舒適。你不需要音樂。真的不需要音樂。就算酒吧是專為這個時刻而設立的，你也沒辦法帶著尊嚴站在那裡。他怕什麼？不是害怕，也不是畏懼，而是他再熟悉不過的空無。世物皆空，人也不例外。需要的，不過是光，還有某些程度的乾淨與秩序罷了。有人活在 nada③之

③ 空無，西班牙語，同英語的 nothing。此處海明威改寫了基督教最有名的《主禱文》（天主教稱之為《天主經》），將原本虔誠的禱告關鍵字替換成了 nada，指每一個人都活在空無之中，同時也批判了社會、文明的虛假。

中，卻從未感知其存在，但他清楚一切都是nada然後nada然後nada然後nada。我們nada的nada，尊祢的名為nada，祢的國nada降臨，行在nada如在nada。賜我們每日nada，原諒我們的nada，如我們原諒別人的nada，使我免於nada，拯救我們脫離nada；然後是nada。榮福nada，nada滿滿，nada與主同在。他微笑，站在一個配有閃亮蒸氣壓力咖啡機的吧檯前。

「要喝什麼？」酒保問。

「nada。」

「Otro loco mas。」④酒保說，轉過身去。

「一小杯就好。」服務生說。

酒保倒了一杯給他。

「燈光很好，地方也舒適，可惜吧檯擦得不夠亮。」服務生說。

酒保看著他，沒有回話。夜太深了，不適合交談。

「還要copita⑤嗎？」酒保問。

「不用了，謝謝。」服務生說，走出店門。他不喜歡酒吧或是酒館。一個乾淨明亮的咖啡店就另當別論。現在，他不願意想太多，他要回家，回到他的房間。他要躺上床去，在日光下入睡。畢竟啊，他告訴自己，這應該就是所謂的失眠症，很多人都有這毛病。

④「又一個瘋子。」西班牙語。

⑤一小杯，西班牙語。

To Be Continued...

附錄：海明威十事

陳夏民 整理

痛恨「根本不能入耳的字」

海明威曾說：「每每見到所謂神聖、光輝、犧牲等字眼，我就尷尬……裡頭根本看不到什麼神聖，理當光輝四射的（東西）也黯淡了，至於犧牲要是沒辦法處理，不就等於把肉給草埋了，這和芝加哥那些綁滿牲畜的圍欄有何兩樣？有太多字根本不能入耳！」於是，海明威寫作時，經常會把那些「根本不能入耳」的文字都刪去，而使用簡約、扼要的散文式句子。

冰山法則

「我總是依據冰山法則來寫作：顯現的一角之外，應該還有八分之七留在水面之下。任何一清二楚的地方都應該刪去，只有看不見的地方才能夠鞏固這一座冰山。」

透過書寫治療情傷

海明威於米蘭服務時，曾有一段沒結果的愛情。他愛上了一名較他年長的紅十字會護士愛格妮絲（Agnes von Kurowsky），兩人說好了要結婚，但女方後來寫了一封信給他，說她已與一名義大利籍軍官訂婚，讓海明威嚐到失戀之苦。這樣的人生體驗，先被寫入〈一則很短的故事〉，之後也擴寫成了小說《戰地春夢》（A Farewell to Arms）。

最好的朋友，最強的對手

費茲傑羅（F. Scott Fitzgerald）與海明威在巴黎認識後便成為摯友，經常幫海明威看稿，並利用其影響力協助海明威在美國出版第一本短篇小說集《我們的時代》（In Our Time）。海明威與費茲傑羅的妻子潔妲（Zelda Fitzgerald）始終處不來，潔妲批評海明威想和他搶老公，海明威則批評潔妲故意讓費茲傑羅染上酒癮，好讓他不能寫作。之後費茲傑羅為了籌措生活費，不得不和雜誌合作，寫了一些較為通俗的作品，海明威稱之為「賣淫行為」，這也是重創兩人友誼的關鍵之一。

尼克是海明威的影分身

海明威的短篇小說中，以尼克（Nick Adams）作為主角的作品，佔了大多數。從尼克的童年，一路寫到了尼克的晚年。尼克於故事中的遭遇，大致也與海明威的人生際遇相符合，只是摻雜了虛構的成分，隱晦了些。以尼克為主角的作品，之後統一收錄在《尼克的故事》（The Nick Adams Stories）之中。本書除了前五篇是尼克的故事之外，還收錄了〈等了一整天〉，在這則故事之中，尼克已經是一名父親，想要消除兒子對於死亡的恐懼。

協助海明威甚多的前輩作家

1920年，海明威與第一任妻子海莉遠赴巴黎生活。不久，海明威認識了旅法的美國作家歌楚．史妲（Gertrude Stein），這位當時許多美國人眼中的文壇偶像，不僅給予海明威寫作上的指引，於生活上也有諸多幫助，甚至是海明威長子約翰的教母。她在一次沙龍聚會中，指著海明威說：「你們都是迷失的一代。」之後，「迷失的一代」不僅出現在海明威第一部長篇小說《太陽依舊升起》（The Sun Also Rises）的扉頁，也成為美國文學流派之一。

喬伊斯評論海明威

海明威以〈一個乾淨明亮的地方〉象徵失落的一代所期待的樂園，其中一段充滿「空」字改寫主禱文的意識流獨白，不僅在形式上點出語言本質的空無，也揭露了西方世界繫以維持的道德、哲學、宗教價值觀早已隨著戰爭而崩潰，徒留一片巨大的荒原。喬伊斯（James Joyce）亦讚許海明威：「他（海明威）讓阻隔於文學與生命之間的面紗消失了，這是每一個作家奮力想達到的事。你讀過〈一個乾淨明亮的地方〉嗎？大師之作呀！真的，這可是有史以來寫得最好的一篇短篇小說。」

海明威與母親的心結

海明威的母親曾是歌劇演員、音樂老師，對於藝術有獨特的品味。由於母親的收入高於父親，在家中也扮演強勢角色，曾經把幼年時期的海明威裝扮成小女孩並留影紀念。海明威長大後始終認為母親有控制欲，這也埋下之後母子失和的種子。海明威戰後返家便與家庭逐漸疏遠，與母親的關係更是陷入最低點。父親自殺後，海明威怪罪母親過於強勢、疏於照顧父親，才會造成慘劇發生，之後便與母親斷絕聯絡，甚至沒有出席母親的喪禮。

史上受重傷最多次的小說家

海明威參與過許多次戰爭，平日也熱愛打獵、探險等運動，他曾在戰場上受炸彈爆破而受傷，身上埋進了兩百二十七塊炸彈碎片，也曾因為在非洲歷險時，經歷飛機失事、嚴重車禍等，而受到各種骨折、挫傷、嚴重燒燙傷等病痛。至於探險家旅途中總會面臨的可怕感染，如痢疾、傷口發炎，甚至是眼球發炎幾乎失明等，也未曾遺漏於海明威的病史。

海明威的自殺陰影

由於精神耗弱，海明威晚年的酗酒問題也逐漸失控，最後終於接受了當時用以治療重度精神疾病的「電痙攣療法」，這項療法亦讓海明威陷入痛苦深淵，他聲稱自己的記憶力喪失，並且多次自殺未遂。1961年，他在愛得荷州的家中，以自己特製的獵槍射擊頭部自殺。由於海明威是天主教徒，其教義規定自殺有罪，為了能讓這位文學大師得以採天主教喪禮下葬，法官裁定此案為槍枝走火，並非自殺。精神疾病似乎潛伏在海明威的血脈中，他的許多親人都患有如憂鬱症、躁鬱症或是妄想；父親、手足以及晚輩也紛紛因此而自殺了結生命，甚至有媒體稱之為「海明威家族的詛咒」。

譯後記‧讓我們向著光走

陳夏民

編輯一本小說精選集，就像是錄製一張 mixtape。

高中的自己，喜歡使用手提 CD 音響，為心愛的朋友錄製 mixtape，心裡想著：「第一首要放什麼歌？是不是應該有序曲？哪個地方應該要有轉折的感覺？要怎麼接快歌？」

更重要的問題則是：要挑什麼歌？順序又該怎麼排？

收錄哪些作品？

這是一本介紹海明威作品的精選集，除了必須收錄經典作品（主打歌）之外，勢必也需要一些能夠反應創作者不同面相的小品（B面歌曲），透過適當的排列，讓新讀者建立對海明威作品的印象，也喚醒舊讀者的印象。

正式編譯《一個乾淨明亮的地方：海明威短篇傑作選》之前，我參考海明威於《首輯四十九篇故事》的序文，先收入海明威個人最鍾愛的短篇小說，包括〈一個乾淨明亮的地方〉、〈法蘭西斯．麥坎伯幸福而短暫的一生〉、〈在異鄉〉、〈白象似的群山〉、〈世界的光〉，作為本書的骨幹。

至於序列，則呈現一個人從小孩子、青少年、結婚、生子、喪偶、衰老的成長階段。為此，我再選入〈印第安人的營地〉、〈醫生夫婦〉、〈三聲槍響〉、〈殺手們〉、〈一則很短的故事〉、〈雨中的貓〉、〈艾略特夫婦〉、〈等了一整天〉等作品。開場先安排連續五篇以尼克為主角的故事，強化序列的結構，接著，彷彿玩 RPG 遊戲的分歧路線，男主角有了不同的際遇：女友意外懷孕、上戰場、被拋棄、結婚（不）快樂、喪偶等。無論如何，每一個故事的主角終將向著光走……

向著光走？

或許是因為日本核災之後，一連串的政治角力與社會抗爭，讓社會蔓延著一股很深的無力感，確定要做這一本書的當下，我便決定以〈一個乾淨明亮的地方〉作為書名，並將之安置在本書的最末一篇，讓每一次往後翻頁的動作，變成「向著光走」的隱喻，希望讀者真能隨著海明威的故事，抵達一個乾淨明亮的地方。

關於翻譯策略

海明威的語句，多數十分精簡，也因為句子短又多，因此主詞（人名、代名詞）容易重複，讀者閱讀時，勢必得在句子之間稍作停頓。幸而他堅持不用深奧、抽象的字詞，再加上他精於使用 and、then 等字詞，讓獨句得以產生在時間線前後延伸的感覺，這些停頓也因此變成值得玩味的地方，完全符合冰山理論的要求。翻譯短句時，我傾向維持原文的斷句，除非必要不用逗點。

然而，海明威也有長得十分嚇人的句子，例如〈法蘭西斯．麥坎伯幸福而短暫的一生〉中，一段描述麥坎伯出發狩獵的過程，一個句子便超過七十個字。在這種狀況之下，便透過逗點及拉長句子的方式，來維持原文讓人喘不過氣來的感覺。

海明威本身也是一名旅行家，作品中經常夾雜如義大利語、西班牙語等外國語言，這也讓每一篇具有異國設定的作品更加真實。翻譯時，我也採取相同策略，將外國語列入中文語句中，頁旁搭配註釋以應讀者需求。

比較特殊的一點，便是動物的代名詞，尤其是〈法蘭西斯．麥坎伯幸福而短暫的一生〉中，海明威對於被獵的獅子與野牛都使用英文的 he 取代 it，此外，甚至在某些段落以獅子的視角觀看主人翁，彷彿是兩位準備獵殺彼此的人。這也反應了海明威身為獵人的價值觀。因此翻譯本書時，面對動物，我也按照海明威的選擇來決定「他」或是「牠」。

翻譯過程中，經常遭遇難題，感謝枚綠金老師提供建議，摯友陳婉容、郭正偉提供校訂、潤飾、語氣修改等協助，讓這本書變成了現在的模樣，容我在此致上謝意。翻譯是一門大學問，新手上路還需多加磨練，煩請不吝指正，謝謝。

關於「午夜巴黎計畫」

二〇一一年，由於影評人膝關節的強力推薦與邀請，我得以觀賞伍迪・艾倫執導的《午夜巴黎》，此後，便深深為那一個年代所著迷。某日，於台中出差時，與一人出版社總編劉霽討論這部電影，我們興高采烈地討論了一整個晚上，隔天醒來，在回程的火車上，便決定要執行「午夜巴黎計畫」①：逗點和一人各自出版海明威、費茲傑羅的作品，然後把書籍包裝得像是同一家出版社的作品，互相拉抬曝光，互相競爭銷量。

以海明威、費茲傑羅出發，他們是最好的朋友，同時也是最強的競爭對手，定能擦出許多火花，而這個出版計畫亦完全反應逗點與一人的關係：我們是出版界的好兄弟，總是互享資源，卻也免不了同臺競爭，看誰的書賣得比較好。但更多時候，我們面對成山成海的退貨書籍，一邊嘆氣，一邊罵人，一邊討論新的出版計畫。

〈在異鄉〉的敘事者提及，因為他怕死，若獨自一個人走在入夜後的冷清街道，總是得挨著路燈走。和他一樣，我也怕死，簡直是怕慘了，但我慶幸在這一條崎嶇難行的出版路途上，能夠遇到這樣的一個夥伴。期待我們年老之後，就算變成寂寞的老人，還會帶著威嚴、踩著歪斜的腳步，為了尋找光明與秩序，而抵達一個乾淨明亮的地方。

在那之前，讓我們繼續向著光走。

——寫於二〇一二年九月，初次刊載於本書首版。

---

① 「午夜巴黎計畫」後續總共有三部曲，除了一開始的一人出版社與逗點，南方家園出版社也加入了。目前逗點除了《一個乾淨明亮的地方：海明威短篇傑作選》，也出版《我們的時代：海明威一鳴驚人短篇小說集》以及海明威首部長篇小說《太陽依舊升起》，後兩本書的修訂版本也將陸續推出。

國家圖書館出版品預行編目 (CIP) 資料

一個乾淨明亮的地方：海明威短篇傑作選
海明威著；陳夏民譯

二版 _ 桃園市：逗點文創結社
2024.05_288 面 _10.5× 14.5 公分 . -- (言寺；90)
譯自：A clean, well-lighted place and other stories

ISBN 978-626-98394-2-1(平裝)
874.57　　113005272

言寺 90

一個乾淨明亮的地方：海明威短篇傑作選

作　　者　海明威
譯　　者　陳夏民
總 編 輯　陳夏民
執行編輯　陳夏民
　　　　　李樂（簡體中文版策劃編輯）、任佳怡（簡體中文版特約編輯）
　　　　　郭正偉（2012 年首版執行編輯）
封面設計　小子
排版設計　陳昭淵
內文攝影　達瑞（取自《慾海含羞花》系列）
作者肖像　阿諾
翻譯協力　枚綠金、陳婉容
出　　版　comma books
　　　　　地址｜桃園市 330 中央街 11 巷 4-1 號
　　　　　網站｜ www.commabooks.com.tw
　　　　　電話｜ 03-335-9366
總 經 銷　知己圖書股份有限公司
地　　址　台北公司｜台北市 106 大安區辛亥路一段 30 號 9 樓
　　　　　電話｜ 02-2367-2044
　　　　　傳真｜ 02-2363-5741
　　　　　台中公司｜台中市 407 工業區 30 路 1 號
　　　　　電話｜ 04-2359-5819
　　　　　傳真｜ 04-2359-5493

製　　版　軒承彩色印刷製版有限公司
印　　刷　通南彩色印刷有限公司
裝　　訂　智盛裝訂股份有限公司
倉　　儲　書林出版有限公司

初版一刷　2012 年 9 月 1 日
二版一刷　2024 年 5 月 1 日
ISBN　978-626-98394-2-1
定　　價　新台幣 320 元

comma
books

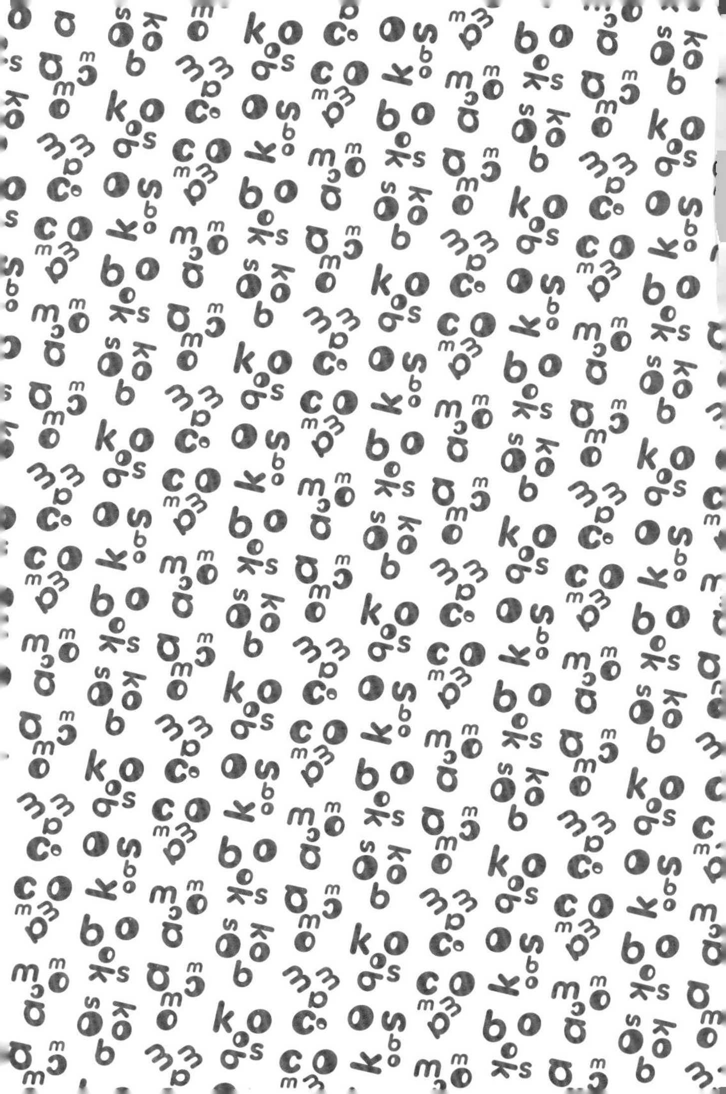

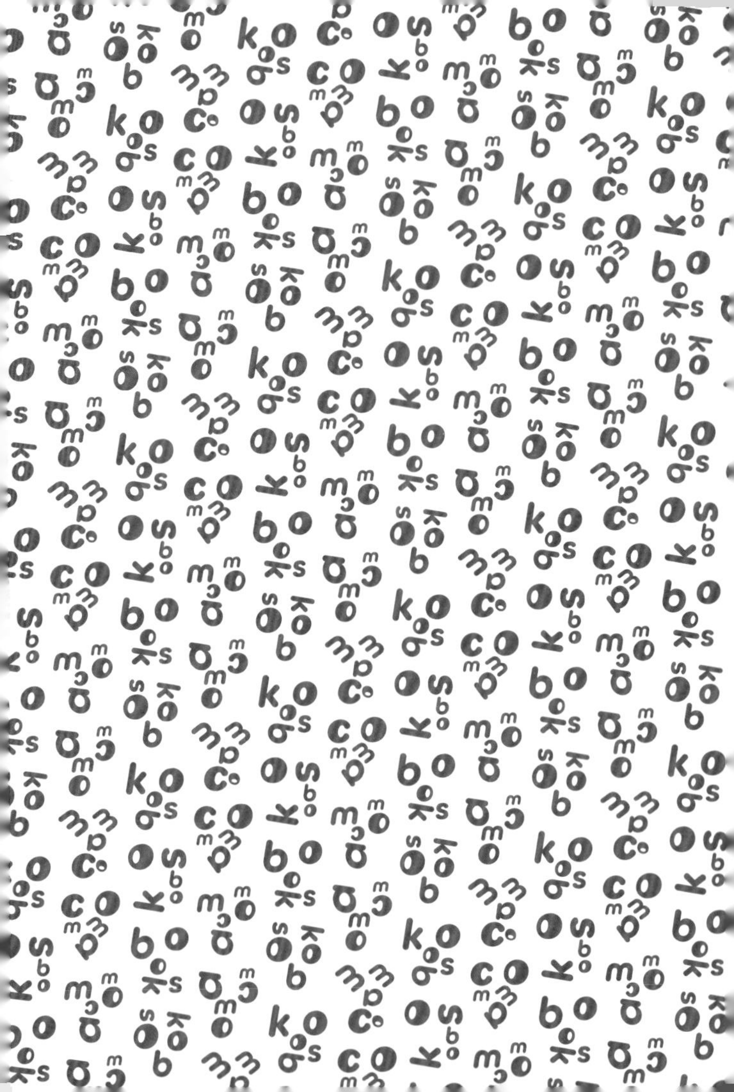